KB110083

꽃길, 인연의 길

꽃길, 인연의 길

발행일 2020년 6월 30일

지은이 박재율
펴낸이 손형국
펴낸곳 (주)북랩
편집인 선일영 편집 강대건, 최예은, 최승헌, 김경무, 이예지
디자인 이현수, 한수희, 김민하, 김윤주, 허지혜 제작 박기성, 황동현, 구성우, 권태련
마케팅 김회란, 박진관, 장은별
출판등록 2004. 12. 1(제2012-000051호)
주소 서울특별시 금천구 가산디지털 1로 168, 우림라이온스밸리 B동 B113~114호, C동 B101호
홈페이지 www.book.co.kr
전화번호 (02)2026-5777 팩스 (02)2026-5747

ISBN 979-11-6539-289-5 03810 (종이책) 979-11-6539-290-1 05810 (전자책)

이 도서의 국립중앙도서관 출판예정도서목록(CIP)은 서지정보유통지원시스템 홈페이지(http://seoji.nl.go.kr)와 국가자료공동목록시스템(http://www.nl.go.kr/kolisnet)에서 이용하실 수 있습니다.
(CIP제어번호: CIP2020026650)

꽃길, 인연의 길

할아버지가 부처 이야기를 통해 보여주는
인생의 꽃길

박재율 지음

삶의 모든 것에서 인과 연, 즉 인연을 잘 맺으면
그 이후로는 우리 인생길이 꽃길이 된다!

불교를 깊이 연구한 할아버지가 꽃길 인생을 위해
이 세상의 모든 손자, 손녀에게 들려주는 진리 이야기

북랩 book Lab

들어가는 말

-"내 사랑 우리 민서, 꽃길만 걸어가다오."

민서야.

얼마 전 네가 나에게 한 말이 계속 내 마음에 맴돌아 글을 쓰게 된다.

"할아버지, 아프지 말고 건강하게 사셔요. 할아버지, 앞으로 꽃길만 걸어가게 해 드릴게요." 아직도 어리다고 생각되는 중등학교 일학년인 네가 어떻게 그런 생각을 했을까. 대견하기도 하고 기특하기도 했지만, 꽃길이 어떤 길을 말하는 것인지 궁금해서 네게 물어보았더니, 대충 느낌은 아는 것 같은데 주로 물질적인 생각에 치우친 것 같더구나. 꽃길이 어떤 길을 의미하는지는 아마 사람마다 다 다를 것이야.

꽃길이란 다른 말로 하면 행복의 길이라고 말할 수 있겠지. 할아버지가 살아온 경험과 체득한 나름대로의 행복관을 너에게 말해주고 싶어서 이 이야기를 시작해본다.

비싼 옷 입고 쌀밥에 고깃국 먹고 온갖 물질적 호사를 누려도 마음이 편치 않으면 그 길은 꽃길이 될 수 없을 것이다. 비록 경제적으로 넉넉하게 살지 못하더라도 마음이 편안한 게 더 꽃길에 가까울 수도 있다. 이상적인 꽃길은 물질적 풍요도 누리고 마음도 편하게 사는 것이라고 할 수 있겠지. 이상적인 삶을 살아가는 방법을 찾아내려면 원인과 결과에 대하여 생각해보아야 한다. 이 세상에 공짜는 없다는 말을 알고 있지? 어떠한 것도 그냥 저절로 이루어지는 것은 없다는 뜻이야. 반드시 원인이 있고 그에 따른 결과가 생긴다는 뜻이지. 그래서 꽃길의 참다운 뜻은 부처가 발견한 우주의 신비, 즉 "연기법(또는 '인연법'이라고도 함)"이고, 네가 알아들을 수 있게 말해주고 싶어 글을 쓰게 되었단다.

부처의 가르침은 너무나 쉽고 간단명료한데, 어른들도 어렵게 생각하니 아이들은 접근할 생각조차 않는다. 부처의 가르침을 접해보지 않은 사람들은, '불교' 하면 절이나 불상을 떠올리거나 약간 신비롭거나 미신적인 생각을 하는 것 같다. 부처의 가르침이 어떻게 우리의 생활이고 삶인지 네가 쉽게 알아들을 수 있게 대화 형식으로 이야기를 쓰고자 한다. 민서야. 이 책을 지금 읽고 이해가 잘 안 되거나, 이해했다고 하더라도 꼭 나중에 또 읽어보아라. 서른 즈음에 또 한 번 읽고 중년쯤에 한 번 더 읽어보아라. 그러면 그때그때 느끼는 게 다르고 이해하는 것도 다 다를 거야. 책을 읽어서 독자가 받아들이는 것을 달구경에 비유한 것을 본 적이 있는데, 어릴 적에 읽어서 받아들이는 것은 툇마루에서 달을 보는 것과 같고, 중년에 읽고 받아들이는 것은 마당에 나와서 달구경 하는 것과 같고, 노년에 읽고 받아들이는 것은 산 위에 올라서 달을 바라보는 것과 같다고 했다. 예를 들면 소설 『삼국지』를 어려서 볼 때는 싸움 잘하는 장군들이 멋있어 보이고, 중년에 읽어보면 책사들의 지략이 돋보이고, 노년에 읽으면 인생과 역사가 보이는 것이야. 무슨 책이든 다시 읽어보면 읽을 때마다 이해하는 것도 다르고 느낌도 다르단다. 그러므로 좋은 책일수록 몇 번씩 읽어보는 게 중요하단다. 나 자신의 이해의 폭도 넓힐 뿐만 아니라 작가가 전하고자 하는 메시지를 확실하게 알게 되는 거란다. 얼마 전에 누군가 쓴 글을 보니 작가의 작품은 작가의 유언이라는 말을 했던데 공감이 가는구나. 유언이 죽을 때만 남기는 부탁이 아니고 아무 때고 남기고 싶은 말을 남기는 것이 유언이라고 말할 수 있는 거니까 딱 맞는 표현을 한 것 같네. 이 글도 내가 유언으로 남기는 거라고 생각하고 쓰니까 네게 당부하는 말이 되는 거란다. 그러니까 두고두고 내가 생각날 때마다 읽어서 내가 하고자 하는 말뜻을 완전히 알아주길 바란다.

알았지? 내 사랑 우리 민서.

목차

부처는 누구인가

“꽃길을 걸어가기 위한 출발지가 인연법이라고 했으니, 인연법을 말씀하신 부처님과 불교에 관해 이야기를 해주마.”

“할아버지. 불교가 뭐예요?”

“불교란 석가모니 부처님이 발견한 우주의 진리란다.”

“석가모니 부처님은 누구이며 왜, 어떻게 진리를 발견했나요?”

“석가모니 부처님은 지금으로부터 2500여 년 전에 인도의 가피라성에서 왕자로 태어나셨단다. 본래 이름은 고타마 싯다르타였는데, 6년 수행 끝에 마침내 깨달음을 얻었고, 그때부터 사람들이 석가모니 부처님이라 불렀어. 석가란 인도의 샤카라는 말을 한문으로 적어서 그렇게 된 거고, 모니라는 말은 인도어로 깨달은 사람이란 뜻이야. 그러니까 샤카 집안의 깨달은 사람이란 의미야. 고타마는 샤카 집안의 사람이었거든. 부처란 진리를 깨친 사람을 부처라고 불러. 너도 수행을 해서 진리를 깨닫게 되면 부처로 불릴 수 있는 거야. 그래서 부처는 많아. 부처님이라고 하는 것은, 존경하는 분한테는 '님'이라고 부르지. '선생님', '아버님', '어머님', '형님', '대통령님'이라고 부르지. 그와 같은 거야. 그래서 많은 부처님 중에서 석가모니 부처님으로 불리게 된 거야."

"수행이란 무엇이며 어떻게 하는 거예요?"

"수행이란 진리를 깨달으려고 하는 노력을 말하는 거고, 그 방법은 여러 가지란다. 방법에 대해서는 나중에 이야기하기로 하자. 아직 앞의 질문 중에 왜 진리를 발견했냐는 물음에 관해서 이야기를 안 했으니 그것부터 이야기해주마. ”

부처는
왜 깨달음을 얻고자 했는가

“부처님은 태어난 후 일주일 만에 어머님이 돌아가시고 이모님이 길러주셨단다. 이모님 사랑이 아무리 극진해도 엄마를 그리워하는 마음이 없어지겠니. 커 갈수록 사람은 왜 태어나고 왜 죽어야만 하는지에 대해 깊이 생각하게 되었는데, 어느 날 성 바깥으로 나갔다가 태어나는 아기도 보고, 늙어 꼬부라진 할머니도 보고, 병들고 아파서 괴로워하는 사람도 보고, 시체를 화장하는 것도 보게 되었어. 궁궐로 돌아와서는 온통 낮에 보았던 일들이 생각이 나서 잠이 안 오는 거야. ‘왜 사람은 태어나서 늙어가며 병들고 죽게 되는가.’, ‘죽음이 없는 세상은 없는 건가.' 하고 깊이 생각하다가 이 문제를 내가 꼭 해결해내고야 말겠다는 결심을 하게 되었어. 그래서 한밤중에 아무도 모르게 성문을 나와 수행 길에 오르신 거야. 그 당시에도 인도에는 수행하는 사람들이 많았어. 물어물어 유명한 수행자를 찾아가서 스승님으로 모시고 수행을 시작하신 거야."

"수행을 시작하셨다고 했으니 이제 수행에 대해서 말씀해주세요."

"수행에는 여러 가지 방법이 있는데 다 이야기할 수가 없구나. 너희들은 어려서 다 알아듣기 힘들 거야. 우선 고타마 싯다르타가 어떻게 수행했으며 어떻게 깨달음을 얻게 되었는지부터 알아보자. 그 당시 수행은 거의 고행을 하는 거였어. 몸을 막 괴롭히고 힘들게 해야 깨달음을 얻게 된다고 생각하던 때였지. 밥도 하루에 한 숟갈씩 죽지 않을 정도만 먹고, 잠도 자지 않고 양반다리 하고 앉아서, 멍 때리기 하면서 깨달음이 오기를 기다리는 거야. 그렇게 6년 동안 고행을 해도 도무지 깨달음이 안 오는 거야. 그래서 생각을 바꾸신 거지. '아, 이러다간 깨달음도 못 얻고 죽을 수도 있겠구나. 우선 배가 너무 고파 정신이 혼미하니 밥부터 먹고 정신을 좀 차리고 보자.' 하시고 일어나, 마을로 가서 우유 죽을 한 그릇 얻어 잡수시고,

개울에 가서 세수를 하시고 나니 정신이 맑아지신 거야. 그러고 나서 보리수나무 아래로 가서 가부좌, 즉 양반다리를 하고 앉아 명상에 드신 거야."

"명상은 무엇이며 어떻게 하는 거예요?"

"명상이란 온갖 떠오르는 생각들을 다 없애버리는 걸 말하는 거야. 요새 유행하는 멍 때리기와 비슷하다고 할 수 있지. 컴퓨터에 비유하면 온갖 데이터를 다 삭제해서 휴지통에 버리는 것에 비유할 수 있지. 하나하나 삭제하는 방법이 있고, 재부팅, 재설정해서 한꺼번에 삭제하는 방법이 있지. 명상에 들어가는 것도 비슷하다고 해. 잡생각을 하나하나 지우면서 하거나 단번에 지워버리는 방법을 택하거나. 하나하나 지우면서 하게 되면 생각이 꼬리를 물고 일어나므로 명상에 들어가기 힘들어서 단번에 생각을 지워버리는 방법을 택하는 거야. 많은 방법이 있지만 몇 가지만 말해주마. 숨쉬기 방법이 있는데, 어떻게 하느냐 하면 숨 쉬는 공기에 집중하는 거야. 공기가 코에 들어오는구나, 기도를 지나가는구나, 폐에 도달하는구나, 이제 다시 기도로 나가는구나, 콧구멍을 지나가 버리는구나, 다시 공기가 들어오는구나. 이렇게 숨쉬기에만 집중하면 단번에 잡생각이 끊어지는 거야. 또 하나의 방법은 화두를 드는 거야. 화두란 의심이 가는 말을 말하는 거야. 전해져 오는 화두는 1,700개가 넘는단다. 그만큼 불교의 역사가 길고 수행자가 많았다는 이야기야. 주로 '이 뭣 고', '뜰 앞의 잣나무', '삼 세 근', 심지어는 '똥 친 막대기'라는 화두도 있단다. '도대체 이것이 깨달음과 무슨 연관이 있다는 건가?' 하고 의심을 열심히 하다 보면, 잡생각이 다 없어져서 명상에 들어가게 된다는 거야. 고타마 싯다르타가 사용한 방법은 숨쉬기였단다."

"숨쉬기만 그렇게 하면 명상에 들어가고 깨달음을 얻을 수 있나요?"

"할아버지도 아직까지 깨달음을 얻지 못해서 말해줄 수가 없구나. 다른 많은 사람이 저 스님은 깨달은 스님이라고 우러러보는 스님들 중에서 아무도 깨달음에 관해 설명하신 분이 없었어. 왜냐하면 깨달음은 말로 표현할 수가 없는 그 무엇이란다. 그러나 그것이 무엇인지 어렴풋이 짐작할 수 있는 말씀이 있어. 의상 스님이 지으신 『법성게』를 읽어보면 약간은 느끼게 될 거야. 조금 더 커서 의상 스님의 『법성게』를 할아버지가 풀어서 지은 『부처가 본 천지창조』란 책을 한번 읽어보면 머리로는 이해가 될 거야."

"부처님은 숨쉬기 명상을 하셔서 깨달음을 얻으셨나요?"

"고타마 싯다르타는 숨쉬기 명상에 들어가신 지 며칠이 지난 어느 날 새벽, 밤하늘에 뜬 별을 바라보다가 깨달음을 얻으셔서 비로소 부처가 된 거야. 이제부터는 부처님으로 부르는 거야. 부처님이 깨달음을 얻는 순간 온 우주가 진동하고, 하늘에서 꽃비가 쏟아졌다고 해."

"과학적으로 말이 안 되잖아요. 어떻게 꽃비가 쏟아져요."

"언뜻 이해하기 어렵지. 뉴턴 역학적으로 말하자면 말이 안 되지만, 양자역학적으로 말하면 말이 된단다. 양자역학에서는 둘이 동시에 존재할 수 있다고 해. 즉, 여기 있는 이 꽃이 저기에도 동시에 존재할 수 있다는 거야. 무슨 말인지 이해하기 어렵지. 이해하는 사람이 많지 않단다. 현재의 전자 기술에서도 비슷하게 구현되는 게 있지. 지금 네가 사용하고 있는 스마트폰에서 그런 일이 일어나고 있잖아. 네가 사진을 찍어서 인터넷에 올리면 온 세상 사람들이 동시에 다 볼 수 있잖아. 올리지 않아도 해킹 수법으로 도둑질해 가기도 한다지. 그리고 AR(Augmented Reality)이나 VR(Virtual Reality)이나 MR (Mixed Reality) 기술을 사용하여 여러 사람이 동시에 보고 즐기기도 하잖아. 앞으로 양자 기술이 발전하면 더 놀랄 만한 일들이 생기겠지. 그때는 정말 꽃비를 동시다발로 내리게 할지도 모르지.”

“뉴턴 역학은 무엇이며, 양자역학은 또 무엇이에요?”

“나중에 고등학교에 가면 배우게 되겠지만 우선 할아버지가 알아듣기 쉽고 간단하게 설명해주마. 뉴턴 역학은 물체의 운동을 설명하는 학문이야. 물체는 우리 눈에 보이는 무게를 가지는 모든 것을 말하는 거야. 뉴턴은 영국의 과학자였는데, 어느 날 사과나무에서 사과가 툭 떨어지는 걸 보고는 ‘만유인력의 법칙’, 즉 ‘중력의 법칙’을 깨닫고 연구해서 뉴턴 역학을 만들어냈어. 누구나 사과가 떨어지는 건 수없이 봐왔지만, 모두가 그냥 무심히 봐온 거야. 으레 떨어지는 거니 생각하거나, 다 하느님의 뜻이겠거니 생각하고 살아왔는데, 뉴턴만 왜 사과가 하늘로 날아가지 않고 땅으로만 떨어질까 생각해서, 의심을 품고 연구를 하여 중력의 법칙을 발견한 거야. 양자역학은 어떻게 생겨났냐 하면, 과학자들이 물체를 자꾸 작게 쪼개다 보니 분자를 알게 되고, 분자를 쪼개니 원자가 되고, 원자를 또 쪼개니 소립자, 즉 아주 작은 알갱이가 되는데, 이것들이 운동하는 것은 뉴턴 역학으로는 설명이 안 되는 거야. 어떤 때는 입자처럼 행동하기도 하고, 때로는 파동처럼 행동하기도 하고, 종잡을 수 없이 행동하는 거야. 그래서 과학자들이 퀀텀

역학이라고 한 것을 우리글로 번역할 때 양자역학이라고 한 거야. 퀀텀이란 뉴턴적 사고를 뛰어넘어서 새로운 사고방식을 생각해내자는 거야. 뉴턴 역학은 예측할 수 있고 계산도 딱딱 맞아떨어져서 달나라에 사람도 보내고 했는데, 양자역학은 예측 가능한 게 별로 없고, 연구할수록 새로운 사실이 자꾸 나오고, 너무나 복잡해서 파인만이라는 노벨상 수상자는 자기도 양자역학을 연구해서 노벨상을 받았지만, 한다는 말이 '양자역학을 제대로 아는 사람은 한 사람도 없어.' 했다니 우습지 않아. 또 다른 노벨상 수상자, 와인버그라는 이 사람도 양자역학을 연구해서 노벨상을 탔지만, 나중에 폭탄선언을 했어. '나는 이제부터 양자역학을 포기하겠어. 도무지 뭐가 뭔지 모르겠어.' 했다니 양자역학이 정말 이해하기 어려운 학문인 것은 틀림없나 봐. 그러나 이렇게 어려운 양자역학도 부처님의 인연법, 인과법으로는 간단히 설명되는 거야. 단 수치나 부호나 공식으로 나타낼 수는 없지만. 이 정도 설명하니 대충은 알아듣겠지. 더 자세하게 알려면 나중에 고등학생, 대학생이 되면 배우기도 하고 책도 많이 읽어야 해."

"양자역학과 부처님의 깨달음과 무슨 상관이 있는지 말씀해주세요. 그리고 왜 새벽 별을 보시고 깨달음을 얻으신 거예요? ❞

부처는 무엇을 깨달았는가

"부처님이 호흡법을 해서 명상에 들어가셨다고 했지. 명상을 불교에서는 '선정'이라고 하지. 부처님이 도달한 선정의 경지는 완전한 고요함, 움직임이 하나도 없는 상태, 절대 무의 경지, 완전한 공(空)의 경지 바로 그 자리에 도달하신 거야. 이 경지는 현대 물리학에서 말하는 빅뱅이 일어나기 바로 전의 상태를 말하는 거야. 현대 물리학에서는 이 우주가 137억 2천만 년 전에 빅뱅이 일어나서 우주가 생성되었다고 해. 지금 너와 내가 이렇게 이야기하는 이 현실도 그때 빅뱅이 있었기 때문이라는 거야. 나중에 고등학생이 되면 미국의 천체 물리학자

칼 세이건이 지은 『코스모스』라는 책을 읽어봐. 빅뱅이 일어나서 어떻게 이 우주가 생기고 생물이 생기고 진화해 왔는지 자세하게 설명해 놓았어. 이 책도 호킹 지수가 50이라니 쉽게 읽히는 책은 아니야."

"할아버지, 호킹 지수는 또 뭐예요?"

"음. 주제와는 상관없는 이야기가 되지만 물어보니 대답을 해야겠구나. 호킹 지수란 영국의 천체 물리학자인 호킹 박사가 지은 『시간의 역사』란 책을 독자들이 유명하다는 이야기만 듣고 구입했는데, 너무 어려워 읽다가 그만둔 사람이 70%나 되었단다. 그래서 그 책의 호킹 지수가 70이라고 한 거야. 앞에서 말한 『코스모스』의 호킹 지수가 50이라는 말은, 절반은 읽고 절반은 읽다가 그만두었다는 뜻이야. 호킹 지수가 높을수록 이해하기 힘들거나 재미없는 책이라는 말이다."

"할아버지는 호킹 지수 0이 되도록 말씀해주세요."

"그래, 가급적 쉽게 이야기하마. 잘 이해가 안 되는 부분은 바로바로 이야기해줘. 부처님이 깨달음을 얻기 직전의 상태가 빅뱅이 일어나기 직전의 상태와 같았다고 보면 돼. 그 순간 새벽 별을 바라보시고 빅뱅을 보신 거야. 별빛을 보는 순간, 빅뱅이 일어나는 순간부터 지금까지의 우주가 생성되는 것을 단번에 다 보신 거야. 그게 어떻게 그럴 수가 있겠냐는 생각이 들지도 모를 거야. 그러나 뉴턴 역학적 시간 개념 속에서는 절대 불가능한 일이지만, 양자역학적 개념 속에는 가능한 일이야. 아인슈타인의 '상대성 이론'에 의하면 빛만큼 빨리 달리면 시간도 0이 되고, 길이도 0이 된다고 했단다. 시간과 공간이 없어지는 것이지. 2500여 년 전의 부처님은 상대성 원리도 모르고 양자역학도 들어본 적이 없었는데 어떻게 아셨을까? 직접 깨달아 확인한 것임이 분명해. 깨달음을 얻으신 후 설하신 『화엄경』에 그런 말씀이 있거든. '무량원겁 즉일념 일념즉시 무량겁.' 무슨 뜻이냐 하면, '아무리 긴 시간도 한순간의 마음이요, 한순간의 마음에도 억겁의 세월이 담겨 있다.' 그런 뜻이야. 어때? 아인슈타인의 상대성 원리와 딱 맞아떨어지지 않아."

"알 것 같기도 하고 모를 것 같기도 하고…. 아무튼 어렵네요. 그런데 왜 별빛을 보고 깨달음을 얻게 되었을까요?"

"빛이란 어둠을 밝히는 것이지. 자극이랄 수도 있고 계기라고도 할 수 있겠지. 빅뱅이 일어난 계기도 한순간의 빛에 의해서 일어났다고 하고. 성경에도 빛에 의해서 천지 창조가 시작되었다고 쓰여 있지. 그러므로 빛은 이 우주의 시발점인 셈이지."

"시간 개념은 그렇다 치고 빅뱅 이후 지금까지의 긴 시간에 의해 이루어진 그 많은 사물과 현상을 어떻게 단번에 다 알 수 있었을까요?"

"우리가 안다는 것은 눈으로 보고 귀로 듣고 코로 냄새를 맡고 혀로 맛을 느끼고 손으로 만져보고 생각을 함으로써 이루어지는 것이야. 대부분의 동물이 다 비슷하지만, 자세히 하나씩 살펴보면 조금씩 또는 많이 다르다는 걸 알 수 있을 거야. 박쥐는 눈이 퇴화되어 보이지 않아도 잘 날아다닐 수 있고, 고래는 우리들이 들을 수 없는 말로 멀리 있는 동료들과 이야기할 수 있다고 하지. 우리들이 알 수 없고 느낄 수 없는 능력을 가진 동물들이 많이 있어. 동물들이 그러하거늘, 깨달음에 도달한 부처님의 능력은 우리가 상상할 수 없는 영역이라고 할 수 있지. 보통 사람도 수행을 깊이 해서 깨달음에 도달하면 오신통이 열린다고 한단다."

"오신통은 또 뭐예요?"

"오신통은 다섯 가지 신통한 능력을 말하는데, 천안통이 열리면 멀리 있는 사물이나 사건을 가만히 앉아서도 다 볼 수 있고, 천이통이 열리면 멀리 있는 사람들이 하는 말을 다 알아들을 수 있고, 신족통을 얻으면 한걸음에 멀리 갈 수 있고, 타심통이 열리면 다른 사람의 마음을 다 알 수 있고, 숙명통이 열리면 다른 사람의 과거와 미래를 알 수 있는 능력이 생기는 거야. 굉장히 신통하고 대단한 능력이지. 그런데 가만히 생각해보면 현대인들은 다 오신통을 부리고 살고 있어. 스마트폰만 열면 멀리 있는 사람과 얼굴을 보며 이야기를 주고받고, 비행기만 타면 미국에 열 시간도 안 걸려 갈 수 있고, 점치는 앱을 열면 미래도 알 수 있고 —맞는지 안 맞는지는 잘 모르겠지만—, 또 지금 인공지능으로 뇌파를 연구해서 사람의 마음을 읽는 연구를 하고 있다니 조만간 타심통도 얻게 될 거야. 우리는 옛날 수행자들이 평생 노력해도 얻을지, 말지 모르는 오신통을 누리고 사니, 대단한 혜택을 누리고 사는 거야. 그런데 부처님만이 누리는 육신통은 수행해서 부처가 되지 않으면 얻을 수 없는 거야."

"육신통에 대해서도 말씀해주세요."

"육신통이란 여섯 번째의 신통력으로 누진통이라고 해. 이 신통력을 얻으면 모든 걱정과 근심이 다 사라지고 마음이 완전히 자유로워지는 경지야. 오신통까지 얻어도 걱정과 고민이 남아 있는 게 사람이야. 왜냐하면 생각이 다 없어지지 않고 욕심이 다 사그라들지 않기 때문이지."

"그러면 부처님은 어떻게 육신통을 얻으셨어요?"

"아까 부처님께서 새벽 별 별빛을 바라보시다가 깨달음을 얻으신 순간, 빅뱅부터 지금까지의 우주를 단번에 보셨다고 했지. 그 자세한 내용을 칼 세이건이 『코스모스』에서 설명했다고 했지. 『코스모스』의 내용을 집약해서 간단하게 설명해주마. 한 줄기 빛에 의해서 빅뱅이 시작되었어. 굉장한 에너지에 의해 엄청난 폭발이 일어난 거야. 지금도 우주 과학자들은 처음에 빅뱅이 일어났을 때의 소리와 빛을 찾으려고 노력하고 있고, 빅뱅의 순간을 재현해보려고 노력하고 있어. 아직도 왜 빅뱅이 일어났고 그 무시무시한 에너지가 어디에서 왔을까 궁금해하지만, 답을 찾지 못하고 있지. 폭발이 시작되니 물질이 만들어지기 시작하는 거야. 왜 물질이 만들어지느냐 하면, 에너지와 물질은 같다고 아인슈타인이 상대성 원리에서 밝혀 놓았기 때문에 현재의 우리들이 이해하게 되는 거야. 부처님께서는 『반야심경』에서 '색즉시공 공즉시색.'이라고 하셨어. 여기서 색이란 물질을 말하며, 공이란 에너지를 말하는 거야. 공은 에너지만이 아니라 우주의 근원적인 것을 말하는 거야. 즉 빅뱅이 일어나기 전의 상태까지 말하는 것이야. 어쨌거나 물질이 만들어지기 시작하며 최초에는 에너지인지, 입자인지 구별도 안 되는 상태부터 출발해서, 차차 입자가 되고 입자는 입자끼리 달라붙어 점점 큰 입자가 되고 양성자도 되고 중성자도 되고 전자도 되어 원자를 형성하고, 더 커지면서 분자가 되고 물이 생기고 탄소, 질소 등 많은 원자들과 분자들이 화학반응을 하면서 아미노산을 거쳐 단백질이 생기고, 이것들이 물과 수소 결합을 이루면서 유전자가 되면서 생명 현상이 생겨나고, 작은 생명체가 생기면서 진화도 일어나고 돌연변이도 일어나면서 지구상에 온갖 생명체가 생겨나게 되었다는 게 칼 세이건이 지은 『코스모스』란 책에 쓰여 있지. 과학적인 연구에 의해서 나온 것이니 이 사실은 의심의 여지가 없어. 지구상의 모든 생명체의 유전자 골격은 거의 같다는 게 이 사실을 증명한다고 보면 돼. 이것이 137억 2천만 년 동안 일어난 이 우주의 이야기이고, 지구는 45억 년 동안 일어난 이야기인 셈이야. 이 우주의 드라마를 부처님께서는 단번에 다 보신 거야. 그래서 깨치신 후에 하신 말씀이 '이것이 있으므로 저것이 생겨나고, 저것이 없어지면 이것도 없어진다.'였어. 이 법을 사람들은 '인연법' 또는 '연기법'이라고 한단다. 부처님께서 이 모든 현상을 다 살펴보시니까, 모든 게 다 인연 따라 생기고 소멸하는 거라 실체라고 할 게 없는 거야. 그러니 걱정할 것도 없고 고민할 것도 아무것도 없는 거야. 그래서 육신통, 즉 누진통이 생기신 거야. 우리도 이 법을 확실하게 이해하고 수행을 해서 깨침을 통해 어느 순간 그 경지에 도달하면, 우리도 부처가 되어 누진통을 얻어서 누릴 수 있는 거야."

"깨달음을 얻으신 후 어떻게 하셨어요?"

"부처님이 첫 깨달음을 얻으신 후 너무나 장관인 이 현상이 혹시 내가 착각을 일으킨 건 아닌가 하는 의심이 들어 자리를 옮겨가며 며칠 동안 선정에 드셔서 계속 확인을 해도 똑같은 깨달음에 도달하시는 걸 확인한 후에 이 깨달음이 진리임을 확신하시게 되고 크게 기뻐하신 동시에 고민이 생기게 되었어. '이 법을 내가 설한다고 누가 믿어주겠나. 모든 중생들이 탐(貪), 진(瞋), 치(癡)에 젖어 사는데 내 말을 믿어줄 리 없어.' 그런 생각이 들어 그냥 열반에 들려고 하셨어."

"탐, 진, 치는 무엇이며, 열반을 또 뭐죠?"

"탐, 진, 치는 차차 설명하기로 하고, 열반을 먼저 간단히 설명하마. 열반이란, 인도말로 '니르바나'라고 하는데, 한자어로 '열반'이란 말로 번역한 거야. 비슷한 발음으로 옮긴다는 게 우리식 발음과 표기로 열반이라고 쓰게 된 거야. 불경 번역에 이런 게 많아. 글자만 봐서는 의미가 안 통하는 게 많아. 니르바나의 뜻은, 욕망의 불이 꺼진 상태를 말한다고 해. 불은 에너지이니까 에너지가 꺼진 상태를 말하는 거지. 즉, 빅뱅 이전의 상태, 고요함의 상태를 말한다고 볼 수 있지. 그러니까 아무것도 없는 고요한 상태이니까, 거기에는 아무런 욕망도, 아무런 걱정도, 고민도 없어진 거야. 해탈이라고도 해. 부처님은 처음 추구했던 경지, 즉 생로병사를 초월한 경지를 터득했으니, 목적 달성을 하신 셈이지. 그래서 중생들에게 이를 가르쳐줄까 생각했다가 알아들을 것 같지 않으니 그냥 열반에 드시려고 하신 거야."

"그래서 열반에 들어가 버리신 거예요?"

"만약에 그리하셨다면 법이 전해지지 않았겠지만, 다행히 법이 전해진 데는 사연이 있지. 부처님이 깨달음을 얻은 순간 천지가 진동하고 꽃비가 내렸다고 했지. 깨달음을 얻는 순간이 빅뱅과 같은 순간이라고 앞에서 말했지. 그러니까 우주가 진동하고 꽃비가 내리는 거야. 빅뱅은 우주 창조야. 그러니까 온 우주 —불교에서는 삼천 대천 세계를 말하는 거야— 에 진동이 다 퍼지는 거야. 삼천 대천 세계의 온갖 신들이 다 알아본 거야. '아, 저 먼 지구란 별에서 어떤 성자가 깨달음을 얻으셨구나!' 하고 모든 신들이 주의를 기울이고 있는데, 부처님께서 바로 열반에 드시려고 하니까 신들이 달려와서 부처님 앞에

무릎을 꿇고 간청하는 거야. '부처님께서 깨달으신 훌륭한 법을 왜 설하시지 않고 열반에 드시려고 하십니까? 제발 저희를 위해 법을 설해주십시오.' 하고 애걸한 거야. 신들도 자기들이 왜 태어나서 왜 그 자리에 앉아서 신 노릇을 하는지 궁금한 거야. 신들도 부처님처럼 깨달아본 적이 없으니까 모르는 거지. 많은 신이 가르침을 달라고 애걸복걸하니까 부처님께서 마음을 돌리신 거야. '그래. 잘 알아듣지 못하더라도 말해보자. 알아듣는 사람이 생길지도 모르고, 잘 알아듣지 못하면 알 때까지 말해주자.' 그렇게 해서 설법을 시작하신 거야. 부처님 설법에 비유법이 많은 것도 잘 이해가 안 가는 사람을 위해 이렇게도 설명하고, 저렇게도 설명하시니 횡설수설하신 것처럼 보일 때가 많았지. 신들에게 인연법, 연기법을 말씀하신 거야. '네들이 태어나고 그 자리에 앉아서 신 노릇을 하는 것도 다 인연에 의해서 그렇게 된 거야. 언젠가 그 인연이 다하는 날에는 네들도 그동안 지은 인연에 따라 다시 다른 모습으로 태어날 거야. 그러니까 그 자리에 있을 때 인연을 잘 지어야 해.' 신들은 이해력이 높으니까 금방 알아듣고 자기들 세계로 갔지. 그래서 부처님께서 신들에게 가르쳐주었으니 사람들에게도 가르쳐주어야 되겠다는 마음을 내신 거야. 그래서 산에서 내려와서 만나는 사람마다 가르침을 주신 거야."
"가르침이 어떠한 건지 자세히 설명해주세요. ❞

인연법이란 무엇인가

“부처님께서 깨달음을 얻으실 때, 이 우주가 시작될 때부터 지금까지의 모든 현상을 다 보셨다고 했지. 부처님 설법을 보면 지금의 우주만이 아니고 수없이 있어 왔던 우주의 일을 말씀하고 있어. 우주는 시작도 없고 끝도 없이 생성과 소멸을 반복한다고 하시고, 그 모든 현상들이 똑같은 원리, 즉 인연법에 따라 일어나고 없어진다고 하셨어. 인연법은 연기법이라고도 하고, 인과법이라고도 하고, 무상법이라고도 한단다. 이것이 있어야 저것도 있고, 저것이 없어지면 이것도 없어진다. 이 우주의 그 어느 것도 혼자서 저절로 이루어지는 것은 없다. 모두가 서로 작용하여 일어나기도 하고 없어지기도 한다. 그러므로 이 우주의 그 어떠한 것도 영원한 것은 없다. 항상 변하므로 무상이라고 하고, 위가 없는 최상의 법이라고 해서 무상법이라고 하기도 한다. 아무리 단단한 바위도 세월이 지나면 풍화작용에 의하여 다 부서져서 흙이 된다고 배웠지. 바위가 인이면 비바람은 연이 되어 서로 작용하므로 그리되는 거야. 사람도 아기로 태어나서 세월이 흘러가며 자라고 어른이 되었다가 늙어가는 거고, 천년을 산다는 은행나무도 한 알의 씨앗이 싹트고 자라서 고목이 되어가는 거지. 우리가 느끼는 시간 차이는 우리 인식에서 일어나는 느낌일 뿐이야. 어떤 시간상에서 보더라도 변하지 않고 존재하는 것은 하나도 없지. 그래서 무상이라고 하고 무상법이라고 한단다. 많은 사람들이 영원한 것을 좋아해서 가지고 있는 것도 영원히 있으면 좋겠고, 자기 자신도 영원히 살면 좋겠다고 생각하는데, 불교에서는 영원한 것은 없다고 하니, 무상을 허무로 생각해서 불교는 허무를 가르치는 종교라고 생각하는 사람들이 많아. 그것은 불교의 참뜻을 오해하는 것이야. 무상은 변화를 말하는 거지. 변화가 있다는 것이 얼마나 멋지고 희망적인 것이야. 만약 변화가 없다면 아이는 자라지 않고, 나무는 크지 않고 계절도 안 바뀌고, 아픈 사람은 낫지 않고 가난한 사람은 늘 가난하고, 한번 부른 배가 꺼지지 않는다면 맛있는 음식을 더 먹을 수도 없을 거고. 이런 세상이 된다면 답답해서 살 수가 없지. 그러므로 변화란 희망이고 활기찬 좋은 현상이지. 어때, 이해가 돼?"

"인연법에 대해서 부처님처럼 비유법을 써서, 좀 자세히 예를 들어가며 말씀해주세요."

"인연이란 서로 만나는 걸 말하는 거야. 서로 상대적이고 관계가 일어나는 걸 말하는 거지. 예를 들자면 엄마와 아빠가 만나서 결혼한다는 사실에 대해서 생각해보자. 엄마가 인이면 아빠는 연이 되고, 아빠가 인이 되면 엄마는 연이 되는 거야. 서로서로 인이 되고 연이 되는 것이지. 인연이 만나면 결과가 생겨난단다. 그 결과로 너희들이 태어난 거지. 그래서 인과법이라고 하는 거지. 너희들이 자라서 또 인연을 만나서 인이 되기도 하고 연이 되기도 하여 자식을 낳고, 그 애들이 또 인연을 만나고. 끝없이 이어지고 변화무쌍하니 얼마나 멋지고, 장엄하며 희망적인가. 불교의 가르침은 이렇게 대단한 거야. 이 위대한 가르침은 부처님이 만든 것도 아니고 그 어떤 절대자나 신이 만든 게 아니야. 그냥 이 우주의 법 그 자체야. 부처님이 깨달음을 얻을 때 본 이 우주의 현상을 그대로 표현하신 거야. 부처님은 법을 만든 것도 아니고 우주를 만든 것도 아니고 단지 깨닫는 순간 보신 거야. 진리를 발견하신 거지. 이 우주는 인연에 의해서 생겨나고, 인연이 다하면 소멸되기도 하고, 다시 다른 것으로 변하기도 하는 현상을 보신 대로 말씀하신 것이 부처님의 가르침이야.

자, 이제부터 우리의 생활과 삶에 얼마나 멋진 도움이 되는 가르침인지 하나하나 예를 들어보자. 이것이 있으므로 저것이 생겨나고, 이 말은 '이렇게 하면 저렇게 된다.'와 같은 맥락이지. 그러므로 공부 열심히 하면 성적 오른다, 성적 오르면 기분이 좋아진다, 기분이 좋아지면 공부하는 게 즐겁다, 즐거우니 더 열심히 하게 되고, 그러면 좋은 대학에 가게 되고, 박사도 되고, 잘하면 노벨상도 받게 되고, 계속 좋은 일이 연속해서 일어나게 될 것이야. 어때, 인과법이 멋있지. 그럼 반대로 나쁜 인연을 만든다고 생각해보자. 공부하기 싫어서 공부 안 해, 성적 떨어져, 더 하기 싫어, 대학 가기는 틀렸다. 어때, 인과법이 무섭지. 공부는 싫어서 다른 길로 간다고 생각해봐. 그러면 다른 인연을 만나게 되는 거지. 장사하는 걸 좋아해서 부자가 될 수도 있겠지. 그러나 박사나 노벨상은 받을 수 없는 거야. 그런 의미에서 보면 인연법은 선택법이라고도 말할 수 있는 거야. 살아가면서 우리는 끊임없이 선택하고 선택을 해야만 하며 선택을 당하며 살아가는 거야. 선택이란 나의 자유의지로 할 수 있는 거야. 때로는 선택당할 수도 있겠지만 하기 싫으면 안 할 수도 있는 거지. 여러 가지 연 중에서 내가 어떤 연을 택하느냐에 따라서 결과도 달라지는 거지. 직업 선택도 그러하고 많은 사람 중에서 누구를 반려자로 선택하느냐에 따라서 삶이 달라지는 거야.

친구 선택도 마찬가지야. 좋은 친구를 사귀면 나도 좋은 사람이 되고, 행실이 나쁜 친구를 사귀면 나의 행실도 나빠지고. '근묵자흑'이란 말도 그런 뜻이야. 검정 물 옆에 가면 검정 물이 묻게 되는 거지. 이와 같이 인연법은 과학과 같은 법이라고 할 수 있지. 물은 무슨 분자로 이루어져 있냐 하면 산소와 수소가 만나서 물이 된 거야. 물 분자에서 산소를 떼어내면 수소만 남게 되겠지. 그러면 그것은 이미 물이 아닌 거야. 수소를 떼어내도 마찬가지고. 모든 화합물은 다 그 짝을 만나서 이루어진 거야. 이 우주의 그 어떤 물질이나 현상 중에서 홀로 이루어지는 것은 없어. 혹시 화학을 공부한 사람이라면 불활성기체 원소는 홀로 존재하지 않느냐고 하겠지만, 원소는 그 자체가 홀로 존재하는 게 아니지. 양성자, 중성자, 전자가 서로 만나서 만들어진 거야. 불활성 원소도 인연을 만들어주면 새로운 화합물이 되기도 해. 현대에 와서 화학에 대해 많이 연구하고 지식이 쌓이면서, 원자와 분자에 새로운 인연을 만들어주면서 많은 화합물이 매일 만들어지고 있어. 옛날에는 없던 새로운 화합물이 우리들의 생활을 풍요롭게 만들어주고 있지. 비닐과 제초제, 살충제, 비료 등을 만들어 농사짓기 쉽고, 수확량이 늘어 배부르게 먹고 사는 세상이 된 지는 얼마 되지 않은 근래의 일이야. 이 모든 과학과 일어나는 현상이 다 불법(佛法)인 거야. 불법이 적용되지 않는 것은 이 우주에 아무것도 없어. 생명 현상은 굉장히 복잡한 것이긴 해도 그것도 다 인연에 따라 모여서 생긴 유기체가 서로서로 상호작용하면서 생긴 현상이야. 상호작용하는 그 자체도 인연법에 따라 일어나는 현상인 거고. 어때, 알아듣겠어?"

"알아들을 것 같기도 하고, 아닌 것 같기도 하고…. 좀 더 예를 들어서 자세히 차근차근 설명해주세요. ”

불교의 인연법과 일상생활과의 관계

"인연법이 적용되지 않는 법은 이 우주에 없다. 일상의 우리 생활 속에서 인연법이 어떻게 작동하는지 살펴보자. 먼저 우리 삶에 제일 중요한 건강에 대해서 살펴보자. 사람들 중에는 살다가 생각지도 못한 중병에 걸리면 '나는 살면서 나쁜 일도 안 하고 남한테 아무런 해코지를 한 적도 없는데, 왜 이런 몹쓸 병에 걸렸는지 모르겠다. 하느님도 무심하시지, 정말 억울하다.'라고 하소연하는 사람이 있어. 그러나 이런 사람들은 인연법을 모르거나 잘못 알고 하는 이야기야. 병이 생기는 원인, 즉 인연이 어디에서 생겼는지 제대로 파악해야 대책을 세울 수 있고 낫게 할 수도 있는 거다. 예를 들어 간암이 발생했다면 평소에 술을 많이 마셨다거나, 독한 약을 오래 먹었다거나, 해로운 음식을 오래 먹었는지 돌아보아야 한다. 원인이 무엇인지 알면 그 원인부터 배제하고 치료해야 빨리 나을 수 있다. 병이 생기지 않더라도 몸에 맞지 않은 음식을 먹으면 소화가 잘 안 되어 괴로울 수가 있단다. 고사리 볶음을 아주 맛있게 잘 먹고 소화를 잘 시키는 사람이 있는가 하면, 먹고 나서 소화를 못 시켜서 괴로워하는 사람이 있어. 돼지고기를 잘 먹는 사람도 있고, 먹고 나서 소화가 안 되는 사람도 있다. 사람에 따라 이렇게 다른 현상을 체질이라고 한다. 서양 사람들은 잘 모르는 이와 같은 사실을 1894년에 우리나라의 이제마 선생님께서 사람에게는 사상체질이 있음을 밝히고, 체질에 따라 먹는 것과 약 처방이 달라야 한다고 하셨단다. 몸에 열이 많은 사람은 양체질이라 하고, 열이 적어 추위를 잘 타는 사람을 음체질이라 하는데, 양체질에서도 열이 좀 더 많은 사람을 태양체질이라 하고, 약간 적은 열을 가진 사람을 소양체질이라고 해. 음체질도 태음, 소음으로 나누어 네 가지 체질이 있다고 정의를 내린 거란다. 지금에 와서 어떤 사람은 더 나누어서 여덟 가지 체질, 즉 팔상체질로 설명하기도 하는데, 현대 서양의학에서도 사람마다 다 조금씩 다르다는 걸 인정하기 시작했어. 얼굴 생김새가 다 다르듯이 체질도 다 약간씩 다르다는 것을 인정하고 있어. 요새는 장내 세균에 대한 연구가 활발한데, 사람마다 다 세균의 종류와 분포가 다르다는 게 밝혀지고 있어. 뚱뚱한 사람의 세균과 날씬한 사람의 세균이 다르다는 거야. 날씬한 사람의 장내 세균을 뽑아내서 뚱뚱한 사람의 장에 넣어주니 차차 날씬한 체격으로 변하게 되었다는 연구 결과가 나와 있어. 바야흐로 똥이 약이 되는 시대가 도래하고 있어. 재미있고 우습기도 하지. 이것도 알고 보면 인연법에 지나지 않아. 일어나는 모든 일이 인연이 아닌 것은 없는 거지. 원인과 결과를 밝히는 게 과학이지. 인연법은 과학 바로 그 자체야. '아는 것이 힘이다.'라는 말이 있듯이, 부처님께서는 알고 짓는 죄보다 모르고 짓는 죄가 더 크다고 말씀하셨어. 왜냐하면 알고 죄를 저지르면 양심이 있기 때문에 많이 짓지를 못하지만, 모르면 자기가 저지르는 짓이 죄가 되는 줄 모르기 때문에 끝없이 자꾸 저지르게 되는 거지. 그러므로 많이 확실하게 아는 게 중요한 거야. 먹는 것에 대해서 좀 더 이야기해주마. 할아버지 어릴 때 이야기를 하마. 나는 허약하게 태어났어. 그리고 음체질이야. 그런데 부모님은 체질에 대한 지식이 없었어. 자식이 허약하니 영양가 있는 음식을 먹여야 한다고 생각하신 거지. 소고기, 돼지고기, 심지어 바다의 산삼이라고 해삼까지 먹이셨어. 그러면 나는 주는 대로 먹고는 체질에 맞지 않으니까 배도 아프고 두드러기도 나고 체하기도 해서 고통스러웠어. 그래도 부모님은 며칠 지나면 영양만 생각해서 아들이 튼튼해지라고 또 먹으라는 거야. 어쩔 수 없이 받아먹고는 또 고생하고. 모르고 짓는 죄가 더 크다는 걸 알겠지. 나중에 체질을 알고 나니 어려서 먹은 음식 중에 내 체질에 맞는 것보다 맞지 않는 걸 더 많이 먹었다는 사실을 알게 되었어. 음체질은 열이 많이 나는 음식을 먹어야 하는데, 찬 음식을 먹으면 소화를 시키기 힘들어서 고생하는 거야. 밀가루 음식들, 즉 빵, 만두, 국수, 라면, 밀가루로 만든 과자들, 수제비는 먹을 때는 맛이 있어서 잘 먹지만, 소화가 잘 안 되는 거야. 현재는 서양의학에서도 밀가루의 글루텐 성분은 동양 사람들은 소화를 시키기 힘들다고 인정하고 있어. 그 외에도 음체질에 안 맞는 음식들이 많아. 자세한 건 인터넷에서 찾아봐. 가장 알기 쉬운 방법은 먹어 보고 속이 편하고 소화가 잘되면 나한테 맞는 음식이고, 먹어서 속이 불편하고 소화가 잘 안 되면 나한테 안 맞는 음식이니까 안 먹는 게 좋아. 이와 같이 우리가 매일 먹는 음식(인)도 우리의 몸(연)과 궁합, 즉 짝궁(짝꿍)이 잘 맞아야 몸에 좋게 작용하고, 잘 맞지 않을 때는 나쁘게 작용하는 거야. 좋게 작용하는 인연을 만나면 좋은 인연이 되고, 나쁘게 작용하는 인연을 만나면 나쁜 인연이 되는 거야. 공일오비의 〈슬픈 인연〉이란 노래도 있지. 나를 슬프게 하는 인연을 만나면 슬퍼질 거고, 기쁘게 하는 인연을 만나면 기뻐지게 되는 것도 다 인연법이야. 우리의 생활에 있어서 인연법 아닌 게 없어. 인연법이 아니라고 생각되는 게 있으면 말해봐."

"공부를 잘하는 사람과 못하는 사람은 어떤 인연 차이 때문에 그런 것인지 설명해주세요."

"쉬운 질문이 아니구나, 우선 공부에 대해서 살펴보자. 공부란 알고 싶은 거나 배우고 싶은 걸 알아가거나 배워 가는 과정을 말하는 거라고 할 수 있겠지. 그러고 보면 공부는 종류가 무척 많아지겠지. 우리가 살아가면서 나날이 배우고 경험하는 모든 것을 다 공부라고 할 수 있는 거야. 네가 말하는 공부란 학교 공부를 말하는 거겠지. 학교에서 배우는 것도 교과목이 많을 텐데, 네가 말하는 잘하는 사람이란 전 과목을 다 잘하는 사람을 말하는 것일 거고, 못하는 사람은 전 과목을 다 잘 못하는 사람을 뜻하는 거겠지. 특별히 뛰어난 머리를 가지고 태어난 사람들이 가끔 있기는 하지만 다 잘하는 사람은 거의 없단다. 누구나 한 가지씩은 뛰어나게 잘하거나 못하기도 하지. 속담에 '굼벵이도 구르는 재주는 있다.'라는 말이 있지. 공부를 잘하려면 기억력, 이해력, 암기력, 집중력, 끈기, 노력 등 모든 것이 다 잘 발휘되어야 이루어질 수 있는 거야. 저학년일수록, 게으를수록, 공부를 조금 하고 좋은 성적을 얻고 싶어 하겠지. 그러려면 기억력이나 암기력이 뛰어나면 그럴 수도 있지만, 그러한 두뇌는 유전적으로 타고나야 하지. 그러나 고학년이 될수록 이해력, 집중력, 끈기, 노력이 더 중요하게 돼. 이해력은 책을 많이 읽고 깊이 생각하는 버릇을 가져야 하고, 끈기와 노력은 체력도 뒷받침이 되어야 하고, 마음가짐, 각오, 결심 이런 게 더 중요한 요인이 되는 거야. 엉덩이로 공부한다는 말이 있지. 오랜 시간 공부한다는 말이지. 기억력이나 암기력은 유전적으로 타고나는 것이기는 하지만, 자꾸 노력하면 누구나 조금씩 좋아지고 꾸준히 계속하면 많이 좋아지기도 해. 그러므로 공부를 잘하려면 열심히 노력하면 되는 거야. 옛날 어떤 학자가 어떤 어려운 글이라도 백 번 읽으면 그 뜻을 저절로 알게 된다고 했어. 그러므로 공부로 좋은 결과를 얻으려고 하면 노력이라는 인연을 지어야 하는 거란다."

"다른 예도 좀 더 말씀해주세요."

"할아버지가 하고 있는 일, 즉 농사에 관해서 이야기해보마. '봄에 씨를 뿌리지 않으면 가을에 거둘 게 없다.'라는 말이 있지. 이것도 인연을 지어야 결과가 온다는 말이야. 너무나 당연한 말이라서 생각할 것도 없지. 씨를 심지 않는데 어찌 열매가 열리겠니. 그런데 좀 더 자세히 살펴보고 생각해보자. 씨를 심으면 싹이 나고 싹이 자라서 열매가 열리기까지는 많은 시간과 많은 인연을 만나야 하는 거란다. 비도 알맞게 와야 하고, 햇볕도 적당히 잘 쪼여야 하고, 영양분, 즉 비료도 적당히 먹여야 하고, 바람에 꺾이거나 쓰러지지 말아야 하고, 벌레나 짐승들에게 뜯어 먹히지 말아야 하고, 잘 자라야 열매가 열린단다. 열매가 열려도 벌레나 짐승들이 먹지 않아야 잘 익어서 우리가 먹을 수 있는 농산물이 되는 거야. 농부는 씨를 뿌리고 열매를 수확할 때까지 물도 주고 비료도 주고, 벌레나 짐승들로부터 보호하고 바람에 쓰러지지 않도록 해주는 이 모든 인연을 농작물에게 지어주는 일을 하는 거야. 농부가 애써서 지은 농산물은 씨앗이 농부가 지어주는 인연을 만나 생겨난 결과물이야. 애쓴다는 것은 인연을 지어주려고 하는 노력을 말하는 거야. 인연 없이 이루어지는 것은 아무것도 없단다. 네가 태어나서 자라면서 온갖 인연을 만나고 노력하면 훌륭한 인물이 될 수 있는 거랑 같은 거란다. 가능성은 네 속에 들어 있는 거고 좋은 인연을 만나고 결실의 시간을 기다려야만 이루어지는 거야. 알아듣겠어?

"네, 알겠습니다. 노력 없이 되는 것은 없다는 뜻이군요."

"그렇지, 노력이 인연을 만들어나가는 걸 말하는 거지. 인연을 만나면 당연히 결과가 생기는 거고. 그러니까 열심히 공부하면 좋은 성적이 나오고 게으름 피우고 공부 안 하면 당연히 성적이 나쁘겠지. 그래서 이 세상에 공짜는 없다는 거야."

과학과
인연법의 관계

"자, 이제 인연과 과학과는 어떤 점에서 같은지, 어떻게 연관해서 생각할 수 있는지에 관해서 이야기해볼까?"

"과학과 인연이 같다면 과학을 인연학이라 하지, 왜 과학이라 하겠어요? 조금 무리한 시도가 아닐까요?"

"사람들이 그렇게 구분해서 생각하니 그렇지. 원인과 결과에 대해서 고찰하면 똑같은 거라고 할 수 있단다. 자, 지금부터 비교 고찰해보자.

과학에는 두 가지 방법이 있지. 하나는 무엇을 만들어내는 거고, 또 하나는 그 어떤 무엇을 쪼개는 것이지. 즉 합성과 분해 또는 분석을 하는 것이 과학이야. 구체적인 예를 들어 설명하면 우리가 항상 마시고 생명에 없어서는 안 되는 물에 관해서 이야기해보마. 물을 만들려면 수소 원자 두 개와 산소 원자 하나를 반응시켜야 물이 만들어지는 거야. 이것이 합성이고. 반대로 물 분자를 전기 분해하면, 수소 원자 두 개와 산소 원자 한 개가 나오지. 이것이 분해 또는 분석이라는 거야. 수소가 인이 되어 산소라는 연을 만나면 물이 되고, 물은 어떤 인연들이 만나서 물이 되었나 하고 밝혀내는 것이 과학이지. 성분뿐만 아니라 성질을 알아내는 것도 과학이고 그것은 즉, 인연을 밝혀내는 것이지. 물을 예로 들었으니 물의 성질에 관해서도 이야기해주마. 과학자들은 물이 저분자로 이루어져 있는데, 어떻게 비열도 높고 끓는 점도 높고 어는 점도 높은지 궁금해서 연구해 보니, 물 분자가 수소 결합을 해서 서로 손잡고 커다란 덩어리로 뭉쳐서 행동하는 거야. 온도에 따라서 무리의 크기도 달라지고 결합력도 달라지는 걸 발견한 거야. 온도를 높이면 뿔뿔이 헤어져 기체가 되어 높은 압력, 즉 힘을 발휘하여 증기기관을 돌리기도 하고, 온도를 낮추면 얼음이 되어 맛있는 아이스크림을 만들기도 하지. 여기서 말한 수소 결합, 온도 이런 것들이 다 인연인 거야. 우리는 얼음 위에서

썰매도 타고 스케이트도 타지. 마찰 계수가 큰 스케이트 날이 얼음 위에서 잘 미끄러지는 이유는 압력에 의해서 얼음 분자의 수소 결합이 깨져서 물이 되기 때문이야. 새로운 이론을 제기하는 학자도 있단다. 얼음의 표면에 있는 물 분자는 수소 결합을 못 해서 얼음이 못 되고 물 분자로 존재한다고 해. 그래서 얼음 위에 물이 살짝 있어서 미끄럽다고 주장해. 두 가지 현상이 동시에 작용해서 그렇다고 보는 게 맞을 것 같네. 스케이트 날, 얼음, 압력 이런 것들이 서로 인연이 되어 일어나는 현상이 얼음지치기지. 스케이트 날 위에 예쁜 연아 언니가 있고, 그 언니가 멋진 춤을 추면 피겨 스케이팅이 되는 거지. 인연이란 이와 같이 물질적인 것뿐만 아니라 어떠한 현상이 일어나는 모든 것들이 다 인연이 되는 거란다. 홀로 존재하는 것은 아무것도 없고, 저절로 혼자 일어나는 것은 아무것도 없다. 즉, 이것이 있으므로 저것이 있고 저것이 없어지면 이것도 없어진다. 모든 존재나 현상은 인연 따라 일어나고 연관되어 존재한다. 하나의 단순한 입자에서부터 복잡한 생명체뿐만 아니라 이 대우주도 다 인연 따라 생기기도 하고 없어지기도 한단다. 물질이 곧 에너지라는 상대성 이론으로 말하자면, 인연이란 물질의 이합집산이고 에너지의 이합집산이라고도 말할 수 있겠다. 그러므로 영원히 존재하는 것도 없지만 아주 없어지는 것도 아니고 끝없는 변화만이 있을 뿐이야. 그것은 또한 영원한 희망이고 새로움을 말하는 것이기도 해. 부처님이 발견한 인연법은 정말 대단한 법이야. 어때, 과학도 부처님의 인연법과 다를 바 없지."

"좀 더 예를 들어주세요."

"그래, 수소가 산소를 만나서 물이 된다고 했지. 수소가 인이라면 산소는 연이라고 말했지. 그러므로 수소가 다른 연을 만나면 어떻게 되는지 말해주마. 수소가 불소를 만나면 불산(불화수소산)이 되는 거야. 반도체를 만드는 데는 이 불산이 대단히 중요한 물질이야. 요새 이것 때문에 말들이 많지. 일본에서 잘 만드는데 우리나라에 파느니, 마느니 하고 난리를 피우고 있지. 이 물질은 독성이 아주 강해서 조금만 마셔도 생명이 위독할 정도야. 또 수소가 염소를 만나면 염산이 되는 거야. 이 물질도 독성이 강해서 그냥 마시면 안 되지만, 우리 몸속에서는 물과 소금을 만들어내 위장에서 소화를 시키는 데 없어서는 안 되는 중요한 물질이기도 해. 또 수소가 탄소와 질소가 붙은 시안기를 만나면 청산이 되는데, 이 물질은 최고로 독성이 강해서 눈곱만큼만 마셔도 생명을 잃게 되는 무서운 물질이야. 이 외에도 수소가 어떤 원소를 만나느냐에 따라 많은 다른 물질이 만들어지지. 그러니까 인연이 얼마나 중요한지 알겠지. 산소를 만나면 물이 되어 우리의 생명을 유지하는데 없어서는 안 되는 중요한 물질이 되는데, 다른 원소를 만나면 우리의 생명을 위협하는 무서운 물질이 되는 걸 봐. 우리 사람들은 지식과 지혜가 많아서 저 무서운 물질들도 우리의 삶에 이용하고 있지만. 수소가 어떤 원소를 만나느냐에 따라 다른 물질이 되듯이, 사람도 누구를 만나 반려자로 삼고 친구로 삼느냐에 따라 삶이 달라지는 거야. 그러므로 인연은 소중하고 중요한 거니까 항상 신중하게 인연을 맺어 나가야 하는 거야. 이상의 설명에서 보듯이 과학은 인연을 밝히는 학문이라고 할 수 있지. 즉, 우주의 인연법 속에 과학이란 학문이 한 부분으로 존재한다고 말할 수 있지."

"정말 과학과 인연이 같다고 말해도 이상할 게 없는 것 같네요. ❞

존재와 인연의 관계

“오늘은 존재에 대해서 한번 생각해보자. 존재는 눈에 보이는 것도 있고 공기나 전자파 같은 보이지 않는 것도 있지. 어떤 형태로 존재하든 다 그 나름의 인연에 의해서 생겨나지. 많은 존재들 중에 우리 인간들처럼 생명을 가지고 살아가는 존재들에 대해서 이야기해주마. 나는 누구이고 어떤 인연으로 태어나고, 어떤 인연으로 살아가는지에 대해서 이야기해주마. 그래야 너희들이 어떻게 살아가야 할지 생각하게 될 거야.

부처님께서 중생을 위해 설법을 하셨다고 했지. 우선 중생이 무엇인지부터 설명해주어야겠구나. 중생이란 욕심과 성냄과 어리석은 마음이 가득 찬 존재로서 말로서 설득하기 힘든 고집불통의 생명들을 말하는 거란다. 불가에서는 탐, 진, 치의 3독심을 가진 존재라고 해. 즉 탐심(탐욕, 貪欲), 진심(진에, 瞋恚), 치심(우치, 愚癡)을 말하는 것으로서, 세 가지 독심이라 해. 독심이란 나쁜 마음이란 뜻이지. 이 세 가지 나쁜 마음을 다스리려면 계(戒), 정(定), 혜(慧)를 닦아야 한다고 해. 이것을 수행이라고 해. 수행에 대해서는 나중에 이야기하기로 하고, 우선 탐심, 진심, 치심에 대해서 설명해주어야겠구나. 중생으로 태어나면 살아가야 하는 게 본능이거든. 살아가기 위해서는 무엇이든 먹어야 하지. 먹고 싶다는 마음, 이게 탐심이야. 먹는다는 것은 나의 존재를 유지 및 확장하기 위해 남의 존재를 없애는 행위인 거야. 탐심은 곧 욕심을 말하는 것이지. 먹는 것뿐만 아니라 자기의 존재를 유지하고 확장하는 모든 행동을 말하는 거야. 진심은 무엇이냐 하면, 보통 성냄이라고 말하는데 성냄이란 감정을 말하는 거지. 자기의 존재를 유지하기 위한 방어본능이라고 말할 수 있겠지. 내 먹이를 남이 뺏어 먹으려 들면 뺏기지 않으려고 성내고 으르렁거리는 행동을 말하는 거야. 대체로 욕심대로 안 되면 성냄이 일어나는 거지. 치심은 어리석은 마음이라고 하는데, 태어나면서부터 보고 배우는 삶의 지식을 말하는 거야. 사람으로 태어나면 곡식과 고기를 먹고 살아가고, 모기로 태어나면 다른 동물의 피를 빨아먹고 살고, 소로 태어나면 풀을 뜯어 먹고 살고, 사자로 태어나면 다른 동물을 잡아먹고 살아가지. 무엇으로 태어나든 각자 살아가는 방식이 있으니까 살아가게 되거든. 그런 의미에서 보면 어디에 어떤 생명으로 태어나는 것 그 자체가 치심이라고 할 수 있지. 이와 같이 태어나서 살아간다는 것 그 자체가 탐, 진, 치의 3독심을 가지지 않으면 살아갈 수 없으므로 존재하는 모든 생명체는 중생인 거야. 살아가는 데만 정신을 파니 다른 데 정신 팔 겨를도 없지만, 생각을 내지 못하는 거지. 생명체에 대한 일반적인 탐, 진, 치를 말했지만, 사람은 다른 동물과 달라 지능이 높아서 탐심도 더 많고 진심도 복잡하게 일어나고 치심도 심하게 많지. 우리 한번 살펴볼까?

사람에게는 '오욕칠정'이라는 게 있지. 오욕이란 다섯 가지 욕심을 말하는 거야. 다섯 가지 욕심이란, 식욕, 색욕, 재물욕, 명예욕, 수면욕을 말하는 거야. 식욕은 먹어야 살아갈 수 있으니까 다른 중생들과 다를 바 없어. 그러나 다른 중생들은 배가 부르면 만족하고 또 특별히 맛있는 걸 찾지 않지만, 인간은 맛있는 걸 먹으려고 하고 배가 불러도 좀 더 먹으려고 하는 욕심이 있지. 색욕은 후손을 남기기 위한 욕망을 말하는데, 다른 중생들은 번식하는 시기에만 일어나는 욕망이지만, 인간은 아무 때나 욕망을 일으키고 채우려고 하는 욕심이 많은 중생이야. 재물욕은 많은 재물을 가지고 싶어 하는 욕망이고, 명예욕은 관직을 얻고 싶고, 출세해서 남에게 과시하고 싶은 욕망을 말하는 거야. 이 두 가지 욕망은 다른 중생들에게는 없는 인간만이 가지고 있는 욕망이지. 인간은 이 욕심 때문에 다른 중생에 비해 더 많은 괴로움을 가지고 살아가는 거야. 물론 욕망을 달성해 즐겁게 살아갈 수만 있다면 다른 중생들이 못 누리는 즐거움을 누리고 살겠지만, 욕망 달성을 위해서 힘든 나날을 살아가는 사람들이 더 많으니까 다른 중생들보다 더 불쌍한 중생이지. 재물욕과 명예욕 중에는 인간만이 만들어낸 허황된 게 수없이 많다. 살아가는 데 없어도 되고 꼭 필요한 것도 아닌데 가지지 못해서 안달하는 것들, 예를 들면 보석이나 고가의 예술품, 값비싼 가구나 의류들 이런 것들은 없어도 살아가는 데 아무런 지장도 없는데, 단지 가지고 싶은 욕망 때문에 자신을 괴롭히며 살아가는 게 인간이라 생각하면 한심하고 불쌍한 존재 같다는 생각이 든다. 수면욕은 잠자고 싶어 하는 욕망을 말하는 거지. 모든 중생이 살아가려고 발버둥 치다 보면 밤에는 잠을 자야 내일 다시 살아갈 힘을 얻게 되는 거지. 그런데 사람은 더 편하고 싶고, 놀고 싶고, 게으르고 싶은 마음이 생기는데, 이 욕망도 수면욕이라고 할 수 있지. 이와 같이 다섯 가지 욕심을 오욕이라 하는데, 이것을 탐심이라고 하는 거야.

자, 이번에는 칠정에 대해 이야기해보마. 칠정이란 마음에 일어나는 일곱 가지의 감정을 말하는 거야. 진심(성내는 마음)이라는 거지. 일곱 가지의 마음이란 희, 노, 애, 락, 애, 오, 욕을 말하는데, 희란 기쁜 마음이 일어나는 걸 말하고, 노란 분노가 일어나는 마음이고, 애란 슬픈 마음이 일어나는 걸 말하고, 락이란 즐거운 마음이 생기는 걸 말하며, 애는 좋아하는 마음이 일어나는 걸 말하고, 오는 미워하는 마음이 생기는 거고, 욕은 가지고 싶은 욕망을 말하는 거야. 탐심에서도 욕망을 말했는데 여기서도 또 욕망이 나오네. 탐심에서의 욕망이 중생이 살아가기 위한 근원적인 욕망이라면, 진심에서의 욕망은 감정적인 욕망이지. 없어도 살아갈 수 있지만, 더 누리면서 살고 싶은 욕망이지. 희, 노, 애, 락, 애, 오까지는 모든 중생이 정도의 차이는 있겠지만 본능적으로 나오는 감정의 표현인데, 사람은 욕망 때문에 일부러 더 많이 누리려고 하고 추구하려고 하니 괴로움이 많아지겠지. 희와 락과 애(사랑)는 추구하고 싶을 거고, 노와 애(슬픔)는 피하고 싶을 거고, 오(미움)는 상대편과의 관계에서 생기는 거니 이것도 되도록 피하려고 하겠지. 그런데 인간은 묘한 마음 구석이 있어서 일부러 남을 괴롭혀서 자기가 쾌감을 느끼는 그런 짓을 하는 무리도 있지. 집단 따돌림 같은 행동을 하는 걸 보면 말이야.

이제는 치심에 대해 말해보마.

치심이란 어리석은 마음을 일컫는 말인데, 무식해서 못 배워서 생기는 마음이 아니라, 잘못 알고 있으면서 잘못인 줄 모르고, 그것이 진실인 줄 알고 행하는 마음을 말하는 거야. 대표적인 게 선입견이라고 말할 수 있지. 한번 잘못 배운 지식을 진리인 양 믿는 게 선입견에서 벗어나지 못하는 문제점이지. 이것에 관한 유명한 이야기가 있단다. 부처님께서 어느 날 탁발을 나가셨는데 어느 동네에 들어서니 웬 험상궂게 생긴 사내가 흉기를 들고 부처님을 향해서 달려오는 거야. 부처님께서 얼른 피하시고 그 사내에게 큰소리로 말씀하셨지. '너는 누구이기에 사람을 해하려 하느냐?', '나는 앙굴리 라마라고 하는데, 너를 죽여야 내가 내생에 천상에 태어나서 행복하게 살 수 있다. 그러니 내 너를 죽여야겠다.' 부처님께서 너무나 어이가 없고 기가 막힌 이야기이기에 연유를 캐물었어. '너는 어떤 연유로 그와 같은 잘못된 생각을 가지게 되었느냐?', '나에게는 훌륭한 스승님이 계시는데 그 스승님께서 이렇게 가르침을 주셨어. '사람들은 이 세상을 살아가려면 죄를 짓게 마련이다. 그러므로 하루라도 빨리 죽어야 죄를 덜 짓게 되는 거야. 그래서 남을 죽이면 그 사람으로 하여금 죄를 안 짓게 하는 공덕을 베푸는 거야. 사람을 죽이는 게 적선을 하는 거야.'라고 가르침을 주셨어. 천 명을 죽이면 내세에서 천상 세계에 태어난다고 말씀해주셨어. 그래서 오늘까지 구백구십구 명을 죽였었어. 이제 당신을 죽이면 천 명을 죽이는 목표를 달성하는 거야. 그러니 당신도 지금 죽으면 죄를 더 짓지 않아서 좋고, 나는 천상에 태어나서 좋고. 그러니 당신은 지금 내 손에 죽어야 해.' 하면서 흉기를 휘두르는 거야. 부처님께서 신통력으로 제압해서 흉기를 뺏고 설법을 하셨어.

'앙굴리 라마야, 너는 아주 잘못된 믿음을 가지고 있는 거야. 너에게 잘못된 지식을 가르친 그 스승이 아주 잘못된 지식을 가지고 나쁜 가르침을 펴고 있구나. 그 스승의 가르침이 진리라면 그 스승이란 자가 먼저 죽었어야지, 왜 자기는 죽지 않고 남을 죽이라고 가르친단 말이냐. 그러므로 그 사람은 엉터리 스승인 거야. 그런 말을 믿고 행동에 옮긴 너의 치심이 중생들의 치심 바로 그것이야. 그러므로 진리를 똑바로 알아야지. 잘못 알면 죄를 계속 짓게 되는 거야. 모르고 짓는 죄가 더 큰 이유가 바로 거기에 있어. 자기의 행동이 죄를 저지르는 것인 줄 모르니까 계속 죄를 저지르게 되는 거야. 내 너에게 어떻게 해야 죄를 짓지 않고 천상에 태어날 수 있는지를 말해 주마.' 하시면서 계율을 지키고 선정에 들고 지혜를 닦는 법을 말씀해 주셨어. 그리하여 앙굴리 라마는 부처님 가르침대로 열심히 수행하여 마침내 부처님의 제자가 되었단다."

"사람을 구백구십구 명씩이나 죽인 죄에 대한 벌을 받지 않으면 인과법에 어긋나지 않습니까?"

"죄를 지으면 당연히 그에 대한 벌을 받는 게 맞는 인연법이지. 만약에 앙굴리 라마가 아무 수행도 안 했으면 죗값을 받았겠지만, 참회하고 부처님의 가르침대로 계율을 지키고, 선정과 지혜를 닦는 새로운 인연을 지었으니 새로운 과보를 받게 되는 거야. 우리의 모든 행동 하나하나가 다 인연을 짓고 만들어나가는 과정이고 결과인 셈이지. 그러므로 끊임없이 수행해서 좋은 인연을 만들어나가야 하는 거야. 그러면 좋은 과보는 저절로 나타나는 거지."

"그러면 치심이란 잘못된 선입견만을 말씀하시는 겁니까?"

"여기서 재미있는 옛날이야기를 하나 해주마. 어떤 스님이 탁발을 나갔다가 깊은 산골 외딴집을 지나가게 되었지. 사립문 앞에서 주인을 찾으니 노파가 나오는 거야. 부처님께 시주를 좀 하시라고 하니 곡간에서 약간의 곡식을 가져와 스님께 드렸어. 이때 젊은 사람이 나무를 짊어지고 들어오더니 다짜고짜 그 할머니를 방안으로 안고 들어가더니 주먹으로 두들겨 패는 거야. 할머니가 아프다고 소리쳐도 한참 두들기더니 밖으로 나오는 거야. 스님이 너무나 어이가 없어서 할머니에게 물었어. '누구이기에 그렇게 때려도 맞고만 있습니까?' 하니 자기 자식이란다. 하도 이상한 일이라 연유를 캐물었더니 '어릴 적에 아이가 귀여워서 어리광으로 때리면 아이 좋아 더 때려줘 하면서 길렀더니, 어느새 세월이 지나 저렇게 큰 데도 나를 때려요. 저 녀석은 엄마를 즐겁게 해준다고 생각하는 모양이지만 이제는 정말 아파서 못 견디겠는데도 저렇게 나갔다가 오면 때리곤 해요.' 외딴곳에 사니까 보고 배우는 것도 없고 누가 가르쳐주지도 않고 아버지도 돌아가시고 없으니, 어릴 때부터 버릇을 들인 그대로 살아가는 거야. 정말 선입견이 무섭고 습관이란 게 무섭고 무지란 것이 무서운 것이라는 걸 말해주는 일화야. 우리 자신들도 항상 무의식적으로 무심코 습관적으로 하는 악습이 없는지 살펴보아야 한다는 가르침이란다."

"이제 치심에 대해서 이야기해보자. 치심이란 잘못된 지식을 말하는 거라고 했지. 잘못된 지식이란 꼭 말로서 듣거나 배운 것만 말한다고 볼 수는 없지. 어쩌면 어떤 생을 받는다는 것 자체가 치심이고, 어떠한 환경에서 살아가는 것 자체도 치심이라고 할 수 있지. 예를 들자면 참새로 생을 받았다고 가정해보자. 참새는 벌레를 잡아먹거나 곡식이나 열매를 따 먹는 방법을 어미 참새로부터 배워서 그렇게 살아가는 거야. 사자로 생을 받으면 다른 짐승을 잡아먹으며 살아가야 하고, 사람으로 태어나면 현재 우리들이 살아가는 이 방식대로 살아가는 거야. 그런데 모든 사람의 삶이 다 똑같지는 않아. 환경이란 요인이 작용하고 각각의 능력에 따라 살아가는 방식이 다 다르지. 그러니까 어떤 종으로 태어나더라도 언제, 어디서, 어떻게 태어나느냐에 따라 각각의 삶이 다르게 이루어지는 거지. 그러므로 생을 받는 그 자체가 이미 치심으로 이루어지는 거라고 말할 수 있단다. 어리석은 마음, 잘못된 선입견은 태어나면서, 자라면서, 살아가면서, 생기거나 쌓여 가는 거지. 쌀 창고에서 태어난 쥐는 쌀을 먹고 살아가고, 뒷간에서 태어난 쥐는 오물을 먹고 살아가는 거란다. 뒷간의 쥐가 어느 날 쌀 창고로 이사를 가면 쌀을 먹고 살 수 있고, 반대로 쌀 창고 쥐가 뒷간으로 가게 되면 오물을 먹고 살아갈 수밖에 없겠지. 사람도 마찬가지란다. 부잣집에 태어나면 호강하며 잘살아가게 될 거고, 가난한 집에 태어나면 힘들게 살아가게 되겠지. 살생은 나쁜 일이지만, 사자나 호랑이같이 남의 목숨을 빼어서 먹고 살아가는 육식동물들은 살생이 곧 삶이니 태어난다는 자체가 치심이고, 사람들처럼 어디에 태어나느냐에 따라 어려서부터 받은 교육에 의한 선입견이나, 습관에 의한 잠재의식, 이 모든 것이 다 어리석은 마음, 즉 치심인 게야. 태어남과 삶, 즉 존재는 탐욕심, 진심(성냄), 치심(어리석음)이 있어야만 살아갈 수 있는 숙명적인 존재야."

"그러면 우리 모두 탐, 진, 치에서 벗어날 수 없는 건가요?"

"살아가는 한 벗어날 수는 없지만, 수행을 통하여 벗어나려고 노력하면 가능하다고 가르치는 게 불교야. 불교에서는 육신을 가지고 있으면서 탐, 진, 치를 벗어나는 걸 '유여열반'이라 하고, 육신마저 없어지는 때를 '무여열반'이라고 하지. 유여열반이란 완전하지 못한, 약간의 탐, 진, 치가 남아 있는 상태를 말하고, 무여

열반이란 탐, 진, 치가 완전히 사라진 상태를 말하는 거란다."

"어떻게 수행해야만 벗어날 수 있는지 가르쳐주세요. ❞

수행이란 무엇이며 어떻게 하는가

"탐, 진, 치를 없애기 위한 노력을 수행이라고 하지. 계, 정, 혜를 닦아야 한다고 해. 계란 계율을 말하고, 정이란 선정을 말하며, 혜란 지혜를 말하는 거야. 탐욕심을 없애기 위해서는 계율을 지키고, 진심(성내는 마음 즉 감정)을 없애기 위해서는 선정에 들어야 하며, 치심(어리석은 마음)을 다스리려면 지혜를 터득해야 하는 거란다. 그럼 먼저 존재의 자기 유지 및 확장을 위해서 끊임없이 일어나는 탐욕심을 어떻게 해야만 없앨 수 있단 말인가. 살아 있는 한, 존재하는 한, 탐욕심을 완전히 없앨 수는 없어. 완전히 없어지면 그건 이미 존재가 사라진 상태이니까. 그러므로 살아 있으면, 존재하고 있으면, 탐, 진, 치는 항상 일어나는 자연적인 현상인 셈이지.

우선 탐욕심에 대해서 논해 보자. 탐욕심을 아주 없애지는 못하니, 어떻게 하면 억제하거나 절제할 수 있는지 그 방법에 대하여 설법하신 게 계율이야. 계율은 지켜야 할 법도야. 스님들이 지켜야 할 계율은 남자 스님은 250개나 되고, 여자 스님은 348개나 되지. 왜 차이가 나냐고? 그것은 남자와 여자 생활방식의 차이 때문에 그렇다고 해. 스님들은 그들만의 생활이 있고, 많은 사람이 모여 사는 사회가 되면 지켜야 할 법도가 필요한 거지. 법이 없으면 사회가 유지될 수가 없어. 보통 사람들이 사는 우리의 사회도 온갖 법들이 있지. 만약에 법이 없다면 폭력이 난무하고 질서가 없어 모두가 공멸하고 말 거야. 그러므로 법은 어떤 사회에서나 공존하기 위해서 필요하고 지켜야 하는 거야. 부처님께서 설하신 계율은 일반 사회의 법은 국법에 맡기고 스님들이 지켜야 할 법을 말씀하셨고, 보통 사람들이라도 꼭 지켜야 할 법을 다섯 가지를 말씀하셨지. 스님들의 법은 우리가 알 필요가 없고 보통 사람들이 지켜야 할 다섯 가지 법에 대해서 이야기해주마. 첫째, 살생하지 마라. 둘째, 도적질하지 마라. 셋째, 음행하지 마라. 넷째, 거짓말하지 마라. 다섯째, 술 마시지 마라.

다섯 가지 모두 지키기 어렵지. 첫째 살생하지 마라는 남의 목숨을 함부로 빼앗지 말라는 뜻이야. 살아가기 위해서 어쩔 수 없이 하는 살생은 죄의식을 가질 수도 없고 어찌할 수도 없는 것들이야. 예를 들면 물을 마시거나 숨을 쉬거나 음식을 먹는 것은 삶의 기본이니까, 살생이 일어나도 어찌할 수가 없는 것들이야. 물속에도 수많은 미생물이 있고, 공기 속에도 많은 세균이 있고, 음식물에도 식물이든, 동물이든 많은 생명체가 있으니까. 그러니까 부처님께서 하신 말씀은 일부러 남의 목숨을 빼앗는 걸 말씀하신 거야. 예를 들면 취미로 낚시를 한다거나, 재미 삼아 사냥을 하는 것을 말하는 거야. 사자가 살아가기 위해 사슴을 잡아먹는 걸 살생이라고 하지 말라면, 사자보고 굶어 죽으라고 하는 게 되니 그것도 또한 살생이 되는 거지. 그러니까 최소한 살아가기 위한 방편으로 저지르는 살생은 어쩔 수가 없지. 그러니까 사자는 배부르면 사슴을 일부러 잡지는 않아. 그런데 사람은 욕심이 많아 배가 불러도 더 많이 잡으려고만 들거든. 그래서 부처님께서 함부로 살생하지 말라고 하신 거야. 살생을 하면 악독한 마음이 생겨나서 나쁜 일만 저지르게 되고, 그래서 자꾸만 더 나쁜 인연을 지어나가

결국에는 자신을 파멸로 나아가게 만드는 거란다. 그러니 함부로 살생을 저지르지 말라는 거란다. 부처님께서는 쓸데없이 또는 일부러는 풀잎 하나라도 꺾지 말라고 하셨단다. 생명을 소중히 생각하라는 말씀이야.

둘째, 도둑질하지 말라는 말씀은, 도둑질 자체는 사회법으로도 제재를 받아 감옥에 가겠지마는, 부처님께서 강조하신 말씀은 내 마음에 도둑 마음을 내지 말라는 말씀이지. 도둑질은 남에게 피해를 줄 뿐만 아니라 자신의 마음을 게으르게 만드는 원인이 되는 거야. 노력하지 않고 남의 것을 가로챈다는 것은 큰 재앙을 일으키는 결과를 가져오게 되는 거야. '바늘 도둑이 소도둑 된다.'라는 속담이 있지. 나쁜 습관이 몸에 배는 거야. 사람은 거의 습관으로 살아가기 때문에 항상 좋은 습관이 몸에 배도록 해야 좋은 삶을 살아갈 수 있어. 도둑질도 나쁜데 강도질까지 하는 인간도 있고, 더 나쁜 인간은 살인 강도질까지 하기도 해. 그런 인간은 사회법으로도 강력한 처벌을 받겠지만, 반드시 내세에 가서도 큰 고통을 받게 된다고 부처님께서 말씀하셨지. 부처님의 경지는 과거·현재·미래를 단번에 살펴볼 수 있는 능력을 갖추고 계신 경지야. 내 말은 절대 거짓말이 아니야. 요새는 양자 컴퓨터에 관해서 이야기하기 시작하는 시기란다. 전자 컴퓨터에 비해서 수십억 배 빠른 계산을 할 수 있다고 하지. 양자의 세계는 우리의 인지 능력으로는 파악이 안 되지만, 부처님의 경지는 그 이상의 현상세계도 볼 수 있는 능력을 갖추고 계신 거야. 거짓말이 아니야. 부처님이 설하신 『화엄경』에 그렇게 쓰여 있어. '하나가 전체이고 전체는 하나와 다르지 않다. 아무리 긴 시간이라도 한순간과 다르지 않고, 한순간은 억겁의 시간과 다르지 않다.'라고 하셨지. 보시지 않고 그런 말씀을 하셨겠어? 더구나 그 옛날 부처님 시절에는 양자 역학에 대한 개념도 없던 시절이었어. 누구나 그런 경지에 한번 다다르고 싶지. 하지만 부처님만이 이룰 수 있는 경지야. 현세에서 수행도 해야 하지만 억겁으로 지어온 인연도 있어야만 도달할 수 있는 거야. 우리는 그냥 부처님께서 가르쳐 주신 인연법을 잘 숙지하여 좋은 인연을 지어 좋은 결과 속에서 행복하게만 살아가도 훌륭한 삶을 살아갈 수 있는 거야.

자, 이제 세 번째 계율, 음행하지 마라에 대해서 살펴보자. 음행이란 음탕한 행동을 말하는 거야. 남자와 여자가 같이 살아가는 이 세상에서 서로 인연 따라 만나서 부부가 되고 자식을 낳아 가정을 이루고 살아가는 것이 올바른 이치인 거야. 그러려면 가족 간에 사랑하고 의무에 충실해야 하지. 특히 부부 간에는 서로만 사랑하고 한눈팔아서는 안 되는 거야. 그런데 음탕한 마음을 가진 사람은 다른 사람과 몰래 만나서 음행을 하는데, 이것을 부처님께서 경계하신 거야. 가정이 파탄 날 뿐만 아니라, 배신감에 분심을 참지 못하면 살인을 할 수도 있으니까 사회가 아주 혼란스러워질 뿐만 아니라 질서도 없어지고, 나라마저 위태로울 수도 있는 거야. 가정적인 문제나 사회적인 문제뿐만 아니라, 무엇보다도 음행을 일삼는 본인의 마음이 바르지 못하니 수행을 할 수 없을 것이고, 사회적으로도 지탄을 받아 그곳에서 살아가기 힘들게 되겠지. 음심이 잠깐 일어나더라도 곧 마음을 고쳐먹고 음행으로 가지 않도록 해야만 자신을 위하고 가정을 위하고 사회를 위하는 길인 거야.

넷째, 거짓말하지 마라는, 거짓말은 사실과 다른 말을 하는 걸 말하는 거니까, 그 종류가 수도 없이 많겠지만, 목적은 자기의 이익을 위하거나 불이익에서 벗어나기 위해서 하는 것이지. 그러다 보면 남에게 손해를 끼치게 되고, 사회를 혼란스럽게 만들게 돼. 이것 역시 그러한 마음가짐을 가지면 본인의 수행을 방해할 뿐만 아니라 사회 질서를 위해서도 해서는 안 되는 거지.

다섯째, 술을 마시지 마라는, 술은 우리의 정신을 혼미하게 하는 음료야. 의학적으로 아주 조금 마시는 술은 약이 될 수도 있다고는 하지만, 술이란 취하게 하는 물질인 탓에 자꾸만 마시고 싶은 마음을 일으키는 작용을 하여, 대다수의 사람은 마시다 보면 취하도록 마시게 되는 거야. 취하면 정신이 몽롱하여 판단력이 떨어지고 이성을 잃게 되어 큰 실수를 저지를 수 있어. 취하면 다투기도 하고 싸우기도 하며 심지어 살인까지 하게 되지. 이러니 이 또한 본인의 수행에 방해가 되는 물건이자 행위인 거야. 그래서 부처님께서 술을 마시지 말라고 하신 거야. 술만 말씀하신 게 아니고 경전에서는 정신을 몽롱하게 하거나 잃게 만드는 것은 손대지 말라고 하셨지. 예를 들면 대마초, 마리화나, 아편, 본드뿐만 아니라 온갖 마약류들을 말하는 거야. 이런 것들은 아예 근처에 얼씬대지 못하게 하고 그러한 것들을 먹거나 마시는 인간은 아예 상종하지 말아야 하는 거라고 말씀하신 거야.

일반 신도들이 지켜야 할 위의 다섯 가지 계율은 마음가짐의 가장 기초적인 것이고, 탐욕심은 이상의 다섯 가지 계율만으로는 다스릴 수 없으므로 선정에 대해서 말씀하신 거야.

자, 이제 선정에 대해서 말해주마.

선정이란 마음을 고요히 가라앉히는 걸 말하는 거야. 앞에서 오욕과 칠정에 대해 말했지. 이 모든 욕심은 마음에서 일어나는 작용이지. 마음을 행동으로 옮기므로 문제가 생기기 시작하는 거지. 마음만 먹는다고 나쁜 일을 저지르는 건 아니거든. 욕심이 일어나는 것은 마음에 흙탕물이 일어나는 것과 비슷하다고 생각해보면, 흙탕물을 가라앉히려면 가만히 두고 기다리면 되는 것처럼 마음도 가만히 두면 가라앉는 거야. 더 적극적인 방법으로 불교에서는 내 마음을 가만히 들여다보거나 염불을 하거나 화두를 들거나 하는 거야. 화두는 선정에 들어가기 위해 골똘히 생각하는 제목이라고 생각하면 돼. 논리적으로는 말도 안 되는 말을 말하는 거야. 그 말의 참뜻이 무엇인지 알아내려고 생각하고 또 생각하며 오직 그 말만 생각하는 걸 화두를 든다고 하는 거야. 한 마디로 정신 집중이요, 삼매경에 빠지는 거지. 몰아의 경지, 즉 내가 사라진 상태, 내가 나를 의식하지 못하는 상태에 도달하는 걸 말하는 거야. 내가 없어졌으니 당연히 내 마음에 일어났던 온갖 욕심도 다 없어지고 만 거지. 이렇게 하는 것은 상당한 수행이 있어야만 가능한 일이지. 보통 사람들은 평상시에 쓸데없는 욕심이 생기거나 화가 치밀어 올라올 때, 숨을 세 번 이상 깊이 쉬거나 마음속으로 천천히 하나부터 열까지 세는 거야. 그러면 마음이 진정되어 실수를 하지 않게 되지. 학교에서 시험을 칠 때 시험지를 받으면 마음이 떨리거나 설레게 되는데, 이때 눈을 감고 심호흡을 세 번 이상 하면 마음이 가라앉아 아는 것이 잘 생각나는 것과 같은 이치야. 무슨 일이든 처음에는 쉽지 않지만, 자꾸 하면 습관이 되어서 쉽게 할 수 있게 돼. 생각은 행동을 낳고, 행동은 습관이 되고, 습관은 생활이 되고, 생활은 바로 자기의 인생이 되는 거야. 어떠한 인생살이를 살아가든 그것은 바로 처음의 생각에서 나오는 걸 안다면 매 순간 좋은 생각, 훌륭한 생각을 내야 하는 거란다.

이번에는 지혜에 대해서 살펴보자.

치심, 즉 어리석은 마음을 없애기 위해서 지혜를 닦아야 한다고 말씀하셨지. 지혜는 아는 것이 아니고 닦는 것이라는 말씀이 의미가 깊은 거야. 아는 것은 지식이고 지혜는 지식을 바탕으로 올바르고 치우침 없는 판단을 할 수 있는 능력을 말하는 거지. 치심이 잘못된 견해나 선입견에서 온다고 했지. 지혜를 불교에서는 중도라고 말하기도 하지. 중도란 글자 그대로 치우침 없는 정중앙이란 뜻이다. 마음 자세가 중요한 거지. 어느 한쪽으로 치우치지 않으려면 선입견을 가져서도 안 되고,

올바른 판단을 내릴 수 있는 참다운 지식을 알고 있어야 하고, 수행도 높은 경지에 이르러야 하는 거야. 탐욕심도 없어지고 진심도 없어진 자리라야 올바른 지혜가 나온다고 하셨지. 그러지 않으면 선입견이 살아 있어서 올바른 판단을 내리기 어렵지. 예를 들면 불교나 기독교가 분파가 많은 것도 자기가 배운 것이 옳다는 선입견이 깊이 자리 잡고 집착이 떠나지 않고 남아 있기 때문이야. 수행을 업으로 삼는 수행자도 그러하니 일반 사람들이 중도를 지키기는 정말 어려운 일이야. 완벽한 중도를 지킬 수 있는 분은 부처님뿐이겠지만, 올바른 삶을 살아가기 위해서는 항상 중도를 생각하며 치우치지 않는 정확한 판단을 하도록 끊임없이 노력하는 게 중요하지. ”

꽃길,
인연의 길이자 부처의 길

“‘꽃길’이란 어떤 길일까? 아마 가시밭길의 반대 개념이겠지. 그러므로 꽃길이 꽃길인 줄 알려면 반드시 가시밭길을 보거나 걸어보아야 한다. 그래야 지금 걷고 있는 이 길이 꽃길인지, 가시밭길인지 알게 될 것이다. 알고 나면 왜 꽃길을 걷는지, 가시밭길을 걷게 되는지를 알게 될 것이다. 꽃길로 들어서면 꽃길을 걷게 될 것이고, 가시밭길로 들어서면 가시밭길을 걷게 될 것이다. 우리는 누구나 꽃길만을 걷고 싶어 한다. 그러면 어떻게 해야 꽃길로 들어가게 될까? 우선 꽃길에 대해서 알아야 한다. 우리가 안다는 것은 대개 들어서 알거나 직접 경험해보아야 안다. 체험은 확실한 것이지만 듣는 것은 틀릴 수도 있으므로 주의해야 한다. 알고 나서는 그 길로 들어가는 수단과 방법을 알아야 한다. 그 수단과 방법이 인연의 길인 것이다. 우리는 매 순간 인연을 만나고 짓고 살아간다. 우리의 삶에서 어느 한순간, 어느 한 행위도 인연이 아닌 게 없다. 그 하나하나의 인연이 나중에 어떤 결과를 가져올지 예측하기는 쉽지 않다. '나비 효과'라는 말을 들어 본 적 있니? 저 먼 아마존의 밀림에서 나비 한 마리가 날갯짓을 했는데, 그 영향으로 몇 개월 후에 우리나라에 태풍이 올 수도 있다는 학설이야. 별것 아닌 작은 일이라도 나중에 큰 영향을 줄 수 있다는 거야. 쉽게 이해가 안 되지. 나비의 날개바람을 쫓아다녀 본 것도 아니고 그렇게 해볼 수도 없지만, 과학자들이 연구해 보니까 그럴 수도 있다는 이야기야. 나비 한 마리의 날개바람으로 태풍이 일어날 리야 없겠지만, 수많은 나비의 날갯짓이 합쳐지면 태풍이 발생하는 여러 요인 중 어느 한 요인에 기여를 할 수도 있고, 또 임계점이라는 것도 있으니까 그럴 가능성이 있다는 것이야. 이와 같이 인연이란 어떤 결과를 초래할지 알기 힘들기도 하지만, 우리의 삶에서는 경험에 의해서 좋은 인연을 지으면 좋은 결과를 가져온다는 것을 어느 정도는 예측할 수 있지.

그러므로 경험을 많이 한 사람의 말을 들을 필요가 있는 거지. 경험을 많이 한 사람이 누구겠니. 자기보다 나이 많은 어른들, 그중에서도 부모님이나 선생님의 조언이 중요하겠지. 물론 사람들 중에서는 악의를 가지고 남을 이용하려는 못된 인간들도 있으므로 연장자 말이라고 해서 다 곧이곧대로 들으면 안 돼. 그러므로 평소에 책도 많이 읽고 경험을 많이 쌓아서 남의 말을 선별할 수 있는 지혜를 가져야 해. 책을 읽는다는 것은 간접 경험을 하는 것도 되고 지혜를 일으킬 수 있는 지식을 얻을 수 있기 때문이야.

이와 같이 하면 꽃길이 어떤 길인지를 알 수도 있고, 찾을 수도 있는 지혜도 가지며, 인연을 알고, 인연을 만들어야 꽃길로 들어서서 꽃길 속을 노닐게 될 거야. 사람마다 기준이 다르고 생각이 다 다르므로 헤아릴 수 없이 많은 꽃길이 있겠지만, 그중에서 자기가 가는 이 꽃길에 만족하고 행복해하면 되는 거야. 그런데 사람의 욕심은 끝이 없고 남과 비교하기 때문에 스스로 불행해하는 사람이 많은 거야. 그래서 어른들이 말하지. 위를 보면 끝이 없으니 아래를 보고 살면 행복해진다고. 즉, 자기 분수에 맞게 자기가 행복하다고 생각하고 이 길이 꽃길이라고 생각하고 살아가면 그게 바로 꽃길인 게야. 욕심이 없으면 발전이 없지만, 지나치게 욕심을 내면 불행을 자초하게 되는 거야. 나무가 욕심을 부려 끝없이 자란다고 가정해보자. 아마 스스로 자기 무게에 못 이겨 부러지거나 바람이 조금만 불어도 부러지고 말 거야. 태풍이 불면 제일 먼저 넘어지는 나무는 주위의 다른 나무보다 더 크게 자란 나무야. 그러므로 욕심을 너무 부리면 도리어 화를 입게 되는 게 자연의 섭리야. 자기향상, 자기발전을 위하여 항상 노력해야 하지만, 너무 욕심내지 말고 자신을 잘 조절해야만 꽃길을 오래 누릴 수 있는 거야. 절제하며 살아가는 게 참으로 어려운 일이기 때문에 성현들께서 일일삼성(一日 三省)하라고 하신 거야. 즉, 매일 하루 세 번씩 지금 내가 잘하고 있는가 돌아보라는 말씀이야. 아마 하루 세 번쯤 자신을 돌아보며 살아간다면 큰 실수 없이 잘 살게 될 거야. 사람이란 항상 자신을 돌아보며 겸손하게 살아가야 해. 매사가 잘 풀릴 때일수록, 생각대로 또는 생각 이상으로 일이 잘되면 사람은 교만해지기 쉬워. 그럴 때일수록 더 조심해서 살아가야 해. '호사다마'란 말이 그래서 생긴 거야. 지금도 그러하고 과거에도 잘나가던 사람이 하루아침에 나락으로 떨어지는 꼴을 많이 보아 왔지. 그래서 옛날에도 소년등과를 조심하라고 했지. 너무 일찍 출세한 사람들의 나중이 좋게 끝난 경우가 드문 게 사실이란다. 그러한 사람들 모두가 과분한 욕심과 인연을 맺었기 때문이야. 자기 능력에 맞는 꿈을 가지고 꾸준히 열심히 살아가면 일은 잘 이루어지기 마련이고, 그게 바로 꽃길을 가는 거란다. ”

"인연이란 꼭 지은 대로 나타나나요?"

"대체로 좋은 인연을 맺으면 좋은 결과가 오고, 나쁜 인연을 맺으면 나쁜 결과가 오지만, 결과가 나타나는 데 시간이 걸리면 예상하지 못한 결과가 나타나기도 해. 그 대표적인 예가 '인간지사 새옹지마'란 말이 있어. 글자 그대로 풀이하면 '사람의 일이란 변방 노인의 말과 같다.'란 말인데 얼핏 들으면 그렇게 와닿지 않지. 이 말이 생겨 난 연유를 말해주마. 옛날 중국 춘추전국시대 변방의 요새지에 어떤 노인이 말을 기르며 살고 있었는데, 어느 날 말 한 마리가 도망가 버렸어. 이웃 사람들이 알고는 말이 도망을 가서 얼마나 상심하셨겠냐고 위로를 했더니, 노인이 말하기를, '뭐 이 일이 나중에 득이 될지 누가 알겠소.' 하더란다. 정말 며칠 뒤에 말이 돌아왔는데 야생마 한 마리를 데리고 왔더랬어. 이웃 사람들이 와서는 말이 한 마리 공짜로 생겼으니 얼마나 좋으냐고 하니, 노인이 말하기를 '그 말이 손해를 끼칠지 누가 알겠소.' 하더란다. 과연 며칠이 지나자 노인의 아들이 그 야생마를 길들인다고 타다가 떨어져 다리가 부러졌어. 요새는 의술이 발달하여 부러진 다리를 거의 완벽하게 고칠 수 있지만, 그 당시에는 그런 의술이 없었으니 그냥 절뚝거리며 장애인으로 살 수밖에 없었지. 이번에도 이웃 사람들이 찾아와 위로했어. 아들 다리가 부러져 얼마나 상심이 크겠냐고 했더니, 노인이 말하기를, '이것이 득이 될지 누가 알겠소.' 했더란다. 그런 일이 있고 난 얼마 후에 이웃 나라와 전쟁이 일어나서 젊은이들을 징집해 갔는데, 노인의 아들은 장애인이라 싸움에 쓸모가 없으니 징집에서 면제되었어. 징집되어 떠난 마을의 젊은이들이 싸움터에서 거의 다 죽었지만, 노인의 아들은 살아남을 수가 있게 된 거야. 이와 같이 노인의 말 때문에 벌어진 이 일들을 두고 생겨난 말이 '인간지사 새옹지마'라고 한단다. 한마디로 사람의 길흉화복은 언제, 어떻게 나타날지 아무도 알 수 없다는 뜻으로 사용되고 있는 말이란다.

인연은 이와 같이 나빠 보이다가 좋을 수도 있고, 좋아 보이다가 나빠질 수도 있으니 '에라 모르겠다. 되는대로 살자.'라고 하면, 이 고사성어의 참뜻을 모르는 말이 되겠지. 이 고사에서 배울 수 있는 뜻을 잘 생각해보면, 첫째, '나쁜 일이 생겨도 절망하지 마라, 그것이 좋은 일로 바뀔 수도 있다.', 즉, '절망하지 말고 희망을 가져라.'이고, 둘째, '좋은 일이 생겼다고 오만하지 말고 겸손하라.'라는 뜻이지. '호사다마'란 말이 있듯, 좋은 일에는 남의 시샘도 생기고 본인의 행동도 거만해져 일이 나쁘게 바뀔 수도 있으니 조심하라는 말이지.

세상의 모든 일은 항상 흥망성쇠가 있는 법이야. 그것은 인연이 끊임없이 상호작용하기 때문이야. 즉, 부처님께서 말씀하신 인연법이 적용되지 않는 것은 하나도 없다는 뜻으로 받아들일 수 있는 거지."

"할아버지. 부처님은 아프시지는 않으셨나요? 만약 편찮으실 때는 누가 돌보아 드렸나요?"

"부처님께서는 식중독으로 돌아가셨단다. 『열반경』에는 부처님께서 열반, 즉 돌아가시게 된 사연이 자세히 적혀 있단다. 음식을 잘못 잡수어 식중독으로 돌아가셨다는 사실은 우리에게 인연법을 확실히 가르쳐주시기 위함이라고 보는 거야. 상한 음식을 먹는 인연을 지으면 식중독에 걸리고 죽을 수도 있음을 보여주신 거야. 죽음을 보여주신 것이 마지막 가르침이야. 얼마나 장엄한 가르침이냐. '보아라, 부처도 인연이 다하면 몸은 죽을 수도 있다. 부처라도 상한 음식을 먹으면 죽는다.'라는 사실을 몸소 보여주시다니 얼마나 위대한 가르침이냐. 부처님은 사람은 언젠가는 다 인연이 되면 죽는다는 사실을 가르쳐주시려고 일부러 상한 음식을 알고도 잡수신 거야. 부처님이 돌아가실 때의 연세는 그 당시 일반 사람들의 나이보다 조금 많은 세수 팔십이었어. 그래서 돌아가시기로 작정하고 일부러 많은 사람들이 보는 데서 상한 음식을 잡수시고 다른 사람들은 먹으면 안 된다고 하시면서 땅에 묻어버리라고 하셨단다. 그러니까 우리에게 사람은 인연이 다하면 죽는다는 사실을 일깨워주시고 가신 거야. 항상 부처님의 그 거룩하고 크신 가르침에 우리가 보답하는 길은 인연법의 참의미를 깊이 깨달아 실천하는 것이야.

부처님이 살아 계실 때는 아팠다는 기록이 없지만, 주치의가 항상 부처님을 시봉(侍奉)했다는 이야기는 있지. 부처님을 시봉하려면 의술이 대단해야 하지 않겠어. 그 주치의가 누군지 궁금하지. 그 사람의 이름은 기바라고 해. 이 사람이 의술을 배울 적에 인도 제일의 의술을 가진 스승님 아래서 수년간 공부를 했다고 해. 기바 자신이 생각해도 더 배울 게 없다는 생각이 든 어느 날, 스승님께 '이제 세상에 내려가 아픈 사람들을 위해 의술을 펼치겠습니다.' 하고 말씀드리니, 그 스승님 하시는 말씀이 '그래, 그러면 이 세상에서 약이 되지 않는 식물을 찾아오면 실력을 인정하마.'라고 하셨단다. 그래서 기바가 그 식물을 찾으려고 아무리 돌아다녀도 찾을 수가 없었어. 그래서 스승님께 가서 '이 세상에 약이 되지 않는 식물은 하나도 없는 것 같습니다. 약이 되지 않는 식물은 찾을 수가 없습니다.' 했더랬어. 그 말을 듣고는 스승께서 '음, 그래. 그러면 이제 다 배웠으니 떠나도 좋다.'라고 하셨단다. 그래서 기바는 최고의 의술을 가지고 부처님의 주치의가 된 거였어. 여기서 약에 대해 잠깐 말해주어야겠다. 약과 독은 양면적인 거야. 약이 곧 독이 될 수 있고, 독이 곧 약이 될 수도 있단다. 약을 많이 먹으면 독으로 작용하고 독을 아주 적게 먹으면 약으로도 작용하는 거야. 약으로 작용하는 정확한 양을 찾아내는 것, 그것이 의술이고 인연법이야. 약이 안 되는 게 없듯이 인연 아닌 게 없단다. 이 우주의 모든 존재는 인연에 의해서 생겨나고 인연에 의해서 변해가는 게 우주의 법이란다. 아픈 것도, 약을 먹으면 낫는 것도 다 인연인 것이야. ”

꽃길은
어떤 길일까

“ 지금부터는 우리 민서와 꽃길에 대해서 이야기를 한번 해보자.

아마 모든 사람들의 생각은 다 비슷할 거야. 꽃길은 행복한 길이고 가시밭길은 불행한 길이라고 말할 수 있겠지. 행복은 우리 인간이 추구하는 삶의 궁극적 목적이고 희망인 거야. 행복을 위해 쉬지 않고 노력하고, 도달했다고 생각하면 끝없이 누리려고 하고, 또 더 큰 행복을 추구하는 욕심이 끝없이 펼쳐지는 게 우리 인간의 삶이라고 하겠지. 행복한 길은 어떤 길일까? 아마 사람마다 다 다른 답을 내놓겠지. 비슷한 환경에서 태어나고 자란 사람들은 거의 비슷한 대답을 할 거야. 우리나라 사람들의 행복 기준과 우리나라보다 더 잘사는 나라 사람들이나 더 못사는 나라 사람들의 행복 기준은 다 다를 거야. 지금은 거의 모든 지구인이 다 소통하는 시대이니 아마 비슷한 게 많을 거야. 할아버지가 어렸을 때의 행복 기준과 지금 너희들의 기준은 아주 다를 거야. 또, 같은 사람이라도 살아갈수록 행복의 기준이 점점 변할 거야. 할아버지도 어렸을 때는 비스킷을 마음껏 먹고 만화책을 마음껏 보면, 그게 최고의 행복일 것 같다는 생각을 한 적이 있었거든. 그런데 지금은 그 정도는 하고 싶으면 얼마든지 할 수 있으니 그게 행복이라는 생각은 안 들어. 누구나 살아갈수록 행복의 기준이 바뀌는 거야. 말과 글이 생긴 이래로 많은 사람들이 행복에 대해서 이야기를 했지만, 자기에게 딱 맞는 말과 글은 만날 수가 없었을 거야. 사람마다 태어난 곳이 다르고 자라는 환경이 다르고 교육받은 정도가 다 다르기 때문이야. 행복이나 꽃길이란 객관적인 그 무엇이 아니고 완전히 주관적인 관념이기 때문이지. 그러므로 자기가 걷고 싶은 꽃길을 구체적으로 설정해놓고 노력해야 완전하게 달성하지는 못하더라도 어느 정도 가깝게 다가갈 수는 있을 거야. 설령 중간에 수정할 일이 생기더라도 그

때는 또 그때대로 계획을 새로 세우고 새로운 노력을 하면 되겠지. ”

어떻게 해야만
꽃길을 만나서 걸어갈 수 있을까

"사람마다 생각하는 꽃길이 다르고 살아가면서 이를 수정하게 된다고 말했지. 그러므로 현재가 중요하고 현재에서 자기 나름대로 꽃길을 설정하고 방법을 찾아내는 거야. 꽃길의 반대 개념은 가시밭길이지. 그러므로 진정한 꽃길을 알려면 반드시 가시밭길을 걸어보아야만 알 수 있는 거야. 살면서 어느 순간 힘들고 어려운 일을 만나더라도 서러운 생각하지 말고, 꽃길로 나아가는 길로 들어섰다고 생각하면 쉽게 벗어나고 이겨낼 수가 있지. 언제, 어느 때나 산다는 것은 인연의 연속이라고 했지. 삶이 곧 인연을 짓는 행위인 거야. 꽃길을 걷든 가시발길을 걷든 그게 바로 삶이고 인생인 거야. 인생은 인연의 연속적인 만남이라고 할 수 있지. 나비의 날갯짓, 인간지사 새옹지마처럼 인연의 결과가 인간으로서는 예측 불가능한 측면도 있지만, 대체로 좋은 인연을 만나거나 지으면 좋은 결과가 오고, 나쁜 인연을 짓거나 만나면 나쁜 결과가 오는 것은 틀림없는 인과의 법칙이야. 좋다, 나쁘다는 생각도 지극히 주관적인 것이지만, 어느 사회에 속해서 살게 되면 그 사회에는 규범이 있고 도덕이 있고 윤리가 있으므로, 그 범위 안에 속하면 좋은 행동이 되고 그 범위 밖으로 벗어나면 나쁘다고 지탄받게 되겠지. 많은 학자들이 윤리와 도덕에 대해서 논해 왔고, 인간의 지성과 본성에 대해서도 각자 나름대로 말해 왔지. 성선설도 있고 성악설도 있으며 양심과 덕성에 대해서도 자기 나름대로 사상을 펼쳐왔지. 제자백가란 말도 있어. 수많은 사람들이 자기 나름대로 이것이 옳다 하고 주장한 사상들을 말하는 거야. 그러니 정말 이것은 좋고 저것은 나쁘다고 콕 집어 말하기란 여간 어려운 일이 아니야. 다 나름대로 보고 듣고 교육도 받고 하여 자기 나름대로의 선악관을 가지고 있는 거야. 각자 나름대로 기준을 가지게 된다는 것은 결국 각자가 어디에서 태어나서 어떠한 환경에서 자라고 어떤 교육을 받았느냐에 달린 것이라 할 수 있지. 그리고 서로가 호불호를 공감하며 인연을 맺게 되는 것을 끼리끼리 또는 유유상종이라고 하지. 그러므로 자기 나름대로의 꽃길을 발견하고 인연을 찾고 만든다는 것은, 온전히 자기 가치관에 달린 거라고 할 수 있지. 그러니까 꽃길은 자기가 설정하고 그 길을 걸어가려고 노력하는 게 각자의 삶이라고 할 수 있는 거야. 예를 들면 돈을 많이 벌어서 좋은 집에 살고 호사스러운 생활을 하며 사는 게 행복이고 꽃길이라고 생각하는 사람은 돈을 많이 벌 인연을 찾아야 할 것이고, 운동으로 이름을 날리고 싶은 사람, 예술 쪽으로 성공하고 싶은 사람이라면 각자 그 방면의 인연을 맺어야 할 것이야. 그러고 보니 꿈과 희망이 꽃길로 들어서는 입구라고 말할 수도 있네. 어느 방면이라도 대성하게 되면 돈도, 명예도 다 얻게 되는 게 현실이거든. 우리 민서는 어떠한 꽃길을 걷고 싶은지 궁금하구나. ”

꽃길을 설정한 후 어떠한 인연을 만나야 그 길에 들어설 수 있을까

“이 세상에는 수많은 직업이 있어. 나름대로 일가견을 가진 사람도 수없이 많고, 자기 경험을 바탕으로 해서 지어낸 자기계발서도 해마다 많이 쏟아져 나오고 있다. 선배의 말도 듣고 책도 읽는 것이 다 도움이 되고, 그것들 하나하나가 다 인연이 되겠지. 다 적용할 수도 없으니 각자 판단하여 자기에게 맞다고 생각되는 것들을 취사선택하여 실행할 수 있는 인연들만 모아서 실행에 옮겨야 하겠지. 무슨 일이든 처음부터 완벽한 것은 없으니까 일단 시작하는 게 중요하고, 실행하다가 더 좋은 게 있으면 첨가하고, 맞지 않는 게 있으면 버리고 수

정하며 살아가는 게 보편적인 방법이지만, 뚝심으로 외고집을 피우는 사람도 있고, 그러다가 그 사람이 의외의 성공을 거두면 세간의 화제가 되고 부러움의 대상이 되는 경우도 가끔 있지. 그래서 이 세상은 변화무쌍하고 재미있으며 희망적이라고 할 수도 있지. ”

꽃길을 걸으면 늘 행복할까

"사람에게는 욕심과 권태라는 게 있어서 현재의 행복에 만족하고 안주하지 못하고, 더 나은 행복을 추구하려는 속성이 있기 때문에 끊임없이 더 많이 누리려고 노력하고 애쓴다. 이 세상 모든 것이 다 변하는 과정이라고 보면, 사람의 욕심이나 노력도 끊임없이 변하는 게 맞아. 그래야만 발전이 있는 것이 틀림없는 우주의 진리이긴 하지만, 욕심에 끌려다니면 남이 보기에는 행복한 길을 가고 있는데, 본인은 행복이 뭔지도 모르고 누릴 줄도 모르고 허둥대면서 살아가는 거야. 꽃길이 꽃길인 줄 알고 행복이 행복인 줄 알기 위해서는 부처님께서 말씀하신 탐심, 진심, 치심에 대해서 공부하고 계, 정, 혜의 삼학을 공부하여야만 참다운 길을 발견하게 된단다. 그래야 한평생 살아가면서 진정한 행복을 느끼며 행복한 삶을 누릴 거야. 요즈음도 행복에 대해서 많이들 논하고 있더구나. 소확행이니, 욜로니 하면서 말이야. 그러한 것들도 작은 행복을 누리는 하나의 방법이긴 하지만, 근원적인 해법은 부처님의 말씀을 따르는 것만큼 확실한 것은 없어. 부처님께서는 확신을 가지고 이렇게 말씀하셨어. '나보다 더 확실한 진리를 말하는 사람이 있으면 그 사람한테로 가서 배우라.'라고. ”

우리의 삶에서
좋은 인연을 맺는 방법은

"우리의 삶이란, 생을 시작하면서부터 생이 끝날 때까지 매 순간 만나는 인연을 따라서 결정되는 것이야. 태어나면서 숨통이 트여 공기를 마시면서 삶이 시작되지. 만약 공기가 없다면, 더 정확히 말해 산소가 없다면 우리는 살 수가 없지. 산소가 제일 처음 만나는 인연이고, 그다음 인연은 엄마가 물려주는 젖이야. 이러한 인연은 내 의지와는 전혀 관계없이 맺어지는 인연이니 어쩔 수 없이 그대로 수용할 수밖에 없지만, 차차 자라면서 내가 선택해서 지을 수 있는 인연이 점점 많아지는 거야. 무엇을 먹을까, 무엇을 할까, 어떤 공부를 할까, 어떤 친구를 사귈까, 어떤 반려자를 만나 어떤 집에서 어떻게 살까, 이러한 모든 인연이 그때마다 내가 지어가야만 하는 인연이 되겠지. 이러한 인연 짓기에 대한 어른들의 조언도 많고, 그에 관한 책도 부지기수로 많다만, 선택의 자유는 자기에게 있으므로 그에 따른 인연의 결과도 고스란히 자기의 몫이야. 그러므로 선택은 신중하게 해야 해. 요즈음 젊은 사람들의 표현에 따르면 곧잘 고민해 본다고 하더라만, 고민한다고 해서 좋은 결정이 나오는 것은 아니야. 방법을 아는 게 중요한 거지. 중요한 것은 알아야 한다는 거야. 속된 말로 '알아야 면장이라도 하지.'라는 말이 있잖아. 부처님께서도 모르고 짓는 죄가 더 크다고 하셨지. 그러므로 좋은 인연을 만들기 위해서는 경험자의 말을 경청하고, 다방면의 책을 읽어서 많이 알아야 취사선택을 해서 자기에게 제일 좋다고 생각되는 방법을 택하게 되겠지.

민서야. 살아가면서 매일 만나고 선택하고 결정하고 행하면서 지어나가는 모든 것이 다 인연이야. 이제 인연이 무엇을 말하는지, 얼마나 중요한지 알겠지. 할아버지가 지금까지 살아오면서 얻은 경험과 느낌을 말해주마. 아니, 부탁하마. 어른들의 말씀을 요즈음 젊은 세대들은 꼰대의 잔소리라면서 '나 때는 말이야~'를 영어로 '라떼 이즈 호오스'라고 비웃는다고 하더라만, 어른들의 참사랑을 몰라서 하는 소리야. 세대 간의 가치관이 다르기도 하지만 어른들이 왜 젊은 사람에게 잔소리를 하겠니. 경험을 나누어 주어 시행착오를 될수록 덜하게 해주고자 하는 배려에서 나오는 충고야. 그러므로 어른들의 잔소리는 사랑이야. 잔소리가 많을수록 더 많이 사랑하고 있다는 말과 같은 거야. 사랑과 잔소리는 비례관계라고 할 수 있는 거지. 어릴수록 잔소리를 듣기 싫어하지만, 세월이 지나면 언젠가는 사랑의 말씀이었다는 걸 알게 되는 날이 온단다."

내 마음에 맞는 친구 찾기

“친구라고 했지만, 넓게 말하면 관계를 맺어야 할 모든 사람을 말하는 거야. 어떤 한 사람을 안다는 것은 참으로 어려운 일이야. 속담에 ‘열 길 물속은 알아도 한 길 사람 속은 알기 어렵다.’라고 했다. 공자께서도 ‘교언영색 선의인’이라고, ‘사람을 쉽게 판단하면 안 된다.’라고 하셨지. 무슨 뜻이냐 하면 말을 예쁘게 잘하고 얼굴에 미소를 가득 담고 접근하는 사람 중에는 어질고 착한 사람이 적다는 말이란다. 처음 보는 사람이 지나치게 친절을 베풀면 주의해야 한다. 일단 주의 깊게 관찰한 후 진실성이 보일 때에 마음을 열어야 한다. 낯선 사람이나 처음 보는 사람에게 친절하게 접근할 때는 뭔가 목적이 있는 게 아니면 그럴 수가 없지. 어느 정도 알고 난 후에, 영어식 표현으로 하면 아는 사이가 된 후에, 친구로 사귈 것인지, 반려자로 택할 것인지 등을 정할 때는 상대의 인품과 인격을 확실히 알아야 하겠지. 사람은 어디서 태어나서 어떻게 자라왔으며 어떠한 교육을 받았느냐에 따라 인품과 인격이 형성되는 거야. 겉으로 나타내 보이는 것만으로는 사람의 진심을 판단하기는 어려운 거야. '세상은 무대요, 사람은 모두 배우다.'라고 말한 사람도 있단다. 모두가 본능적으로 잘나 보이고 싶은 마음이 있어서 남에게 약간은 자기를 과시하려고 하는 행동과 말을 하게 되는 거지. 그러므로 누구나 연기를 하는 배우라고 할 수도 있다. 그래서 그 사람에 대한 믿음이 갈 수 있는 정보를 얻는 방법으로 그 사람의 환경을 살펴보는 거야. 우선 상대방의 부모를 잘 관찰해보아야 해. 아이는 유전적으로 닮을 뿐만 아니라 부모가 키우기 때문에 성격은 물론, 하는 행동까지 부모를 빼닮는 경우가 많아. 물론 부모와 전혀 다른 아이도 가끔은 있겠지만, 예외는 여기서 고려하지 않고 말하마. 부모끼리는 사이가 좋은지, 잘 싸우는지, 이혼은 하지 않았는지, 무슨 일을 하시는지 살펴보고, 또 형제자매가 있다면 그들은 화목하게 잘 지내는지도 알아보고, 상대방이 사귀고 있는 친구들의 성격은 어떤지도 살펴보면, 그 사람에 대한 평가를 자기 나름대로 내릴 수 있을 거야. 그런 연후에 친구로서 대하든, 반려자로 택하든지를 결정하면 보다 실패할 확률이 낮을 거다. 요즈음 갈수록 이혼율이 높아지는 이유도 서로 상대를 잘 파악하지 않고, 그냥 상대의 겉모습만 보고 겉으로 멋져 보이거나 예뻐 보이는 데 혹해서 쉽게 결정해 버리는 탓이야. 친구든, 반려자든 서로 성격이 맞아야 잘 살아갈 수 있는 거지. 그렇게 잘 만나서 잘 살아가다가도 어떤 계기, 즉 인연에 의해, 또는 성격이 변해 다투고 싸워서 파탄이 나는 경우도 있으니, 항상 서로에게 최선의 배려를 해서 잘 맞춰 살아가야 하는 게 인생길이고, 잘 살아가면 그게 바로 꽃길이란다. 사람은 어떤 인연을 만나느냐에 따라 변한다고 했지. 좋은 집안에서 태어나 좋은 환경에서 자라고 좋은 교육을 받은 사람은 잘 살아갈 확률이 높지만, 살아가면서 인연을 잘못 만나 폐인이 되는 사람도 있고, 반대로 어려운 집안에서 태어나 나쁜 환경에서 교육도 제대로 받지 못하고 살아온 사람은 계속 어려움 속에서 살아갈 확률이 높지만, 인연을 잘 만나 훌륭한 삶을 사는 사람도 있단다. 전자의 경우는 명문가나 재벌가에서 일어나는 일이고, 후자의 경우는 링컨 대통령이나 노무현 대통령이나 오프라 윈프리 같은 사람들이지. 그래서 생겨난 말이 '삼대 걸쳐 부자 없고, 삼대 계속 거지로 사는 집이 없다.'라고 했고, 젊은이의 앞날은 아무도 예측하지 못한다고 했어. 언제, 어느 때 그 젊은이가 어떤 인연을 만나 대오각성해서 열심히 인생길을 개척해 나갈지 아무도 알 수 없다는 말이지. 인연이란 이와 같이 선택도 변화도 다 인연이고 시시각각 변함없이 다가오고 지나가는 거야. 항상 최선의 선택을 할 수 있는 안목을 기르고 능력을 배양해 나가야 해. 알았지, 우리 민서! ”

할 일의 선택

"선택이란 쉽고도 어려운 일이란다. 쉬운 선택이란 별로 중요하지 않다고 생각하는 일상적인 일들을 말하는 거지. 직관에 의존하거나 습관적인 행동으로 바로바로 결정해서 행동하는 거지만, 나중에 일어나는 결과는 예상치 못했던 심각한 양상으로 나타나는 경우도 있으니, 일상적인 결정도 가볍게 판단할 일은 아니란다. 언제나 심사숙고의 정신을 가지는 게 중요해.

어려운 선택이란 여러 가지의 길에서 하나의 길을 선택하는 결정을 말하는 것이야. 즉, 취사선택을 의미하는데, 하나를 선택하고 나머지는 버린다는 것이니 정말 어려운 결정이지. 결과가 예상대로 되거나 더 좋게 일어나면 다행이지만 그렇지 않을 경우에는 돌이킬 수 없는 과거가 되어버리는 거야. 자기가 나아가는 인생길은 자기가 선택해서 나아가는데, 누구나 두 길을 동시에 걸어갈 수는 없고, 가보지 못한 길에 대한 아쉬움은 언제나 남게 되겠지. 그러므로 중요한 인생길의 길목에서는 인연을 잘 선택해야 하는 거야. 예를 들면 직업 선택, 전공과목 선택, 반려자 선택 등은 정말로 신중하게 결정해야 해. 자기의 능력과 소질을 스스로 잘 살펴보고, 다른 사람들의 의견도 들어보고, 많은 정보와 자료를 활용하여 최선의 선택을 해야 하는 거야. 선택한 그 길이 앞으로 어떻게 펼쳐질지 자기 나름대로 가상의 시나리오를 한번 떠 올려보는 것도 도움이 될 거야. 그렇게 잘 선택해서 나아가다가 정말 잘못됐다고 판단될 때는 다시 새로운 길을 모색해서 나아가는 게 현명하겠지. 지나간 시간이나 노력이 아깝다는 생각이 들지도 모르지만, 그동안 얻은 인연의 결과가 좋은 도움이 되어서 새로운 길에 긍정적인 작용을 할 수도 있으니까 비관만 할 필요는 없어. 새옹지마의 고사처럼 인연의 결과는 정확히 예측할 수 없어. 그래서 점술이 생겨나고 미신이 등장하는 거야. 그렇다고 어차피 결과를 알 수 없으니 좋게 나타날지도 모른다고 함부로 결정할 일도 아니고, 또한 나쁘게 나타날까 봐 두려움에 떠는 채로 아무 일도 못 하고 망설이고 살 수도 없는 노릇이니까, 어떤 일을 하든지 항상 최선의 선택과 최선의 인연을 지어나가도록 노력하는 것이 부처님의 인연법을 제대로 알고 실천하는 길이야. ”

우리 일상생활 속의 온갖 인연 중에서 제일 중요한 먹는 인연

"사람은 태어나면서부터 생을 마칠 때까지 매일 먹어야 살아갈 수 있기 때문에 먹는 게 아주 중요하다. 먹는 음식이 내 몸을 구성하기 때문에 음식이 곧 내 몸이라고 말할 수 있겠다. 할아버지 어릴 때는 먹을 게 많지 않아 뚱뚱한 사람이 별로 없었단다. 그런데 요즈음은 오히려 먹을 게 너무 많고 영양가나 칼로리가 높은 음식이 많아서 문제야. 게다가 인스턴트 식품은 너무 맛있게 만들어서 사람들의 절제력을 잃게 하는데, 이는 비만을 일으키는 원흉이야. 인스턴트 음식은 대부분 영양가는 적고 열량은 높고 식품 첨가제를 사용하여 우리 몸을 비만으로 이끄는 나쁜 먹거리야. 비만은 성인병을 유발하고 병에 대한 저항력과 내성을 떨어뜨려 우리 몸을 병들게 하는 주범이야. 인스턴트 식품 말고도 우리 몸을 허약하게 하는 요인에는 여러 가지가 있는데, 할아버지가 아는 대로 읊어 보마. 음식 너무 많이 먹기, 운동하지 않고 휴대폰만 들여다보기, 햇볕 안 쬐기 등이 있어. 우리 몸을 튼튼하게 하는 방법으로는 음식을 적당히 먹고, 특히 인스턴트 식품이나 과자, 아이스크림 등은 되도록 적게 먹고, 과일이나 채소를 많이 먹고, 활발히 활동하고 운동도 많이 하고, 햇볕도 하루 한 시간 이상 쪼이는 게 좋아. 사람은 자연에서 태어나 자연에서 살아왔기 때문에 우리의 원시 조상들이 살았던 방식이 바로 건강하게 사는 방법이야. 즉, 곡식류와 과일, 채소, 고기 등을 적당히 먹고 온종일 햇볕 속에서 먹이를 구하기 위해 뛰어다녔던 게 우리 조상들의 삶이었어. 우리는 그분들의 유전자를 받아서 태어나서 살고 있지. ”

기호 식품에 대하여

"안 먹어도 살아가는 데 지장이 없지만, 멋으로 먹거나 먹고 싶어 참기 어려운 식품을 '기호 식품'이라고 불러도 틀린 말이 아니겠지. 아마 인간만이 발명해서 누리는 즐거움이라고 하겠지만 이익보다는 해악이 더 많은 것도 사실이야. 영양은 별로 없지만, 향기와 맛 때문에 즐겨 먹고 때로는 멋으로 먹기도 하는 게 기호 식품이라고 하겠지. 적당히 먹으면 크게 해가 되지는 않겠지만, 맛과 멋과 향기에 취해 자주 먹고 많이 먹으면 건강을 해치게 돼. 커피를 많이 마시면 잠을 설치고 심장에 무리가 가며, 과자나 청량음료를 많이 먹으면 쓸데없는 살이 쪄서 성인병에 걸리게 된단다. 요즈음 비만이 전 세계적으로 골치 아픈 문제로 대두되고 있어. 어떤 서양 학자는 미국이 만약에 망하게 되면 그것은 비만 때문일 거라고 말하기도 했지. 우리나라도 벌써 소아 비만 환자가 많이 나타나고 있다고 하니 정말 큰 걱정이야. 달고 맛있는 걸 많이 먹으면 살찐다는 사실을 모르는 것 같아. 이게 다 인연법을 못 느끼고 살아가는 탓이야. 우리가 먹는 음식들, 우리가 하는 행위 하나하나가 다 인연을 맺는 거고. 그에 따른 결과는 반드시 나타난다는 사실을 항상 염두에 두고 행동하며 살아가야 해. ”

술과 담배와 마약에 대하여

"술을 기호 식품으로 분류하는 사람도 있지만, 할아버지가 보기에는 담배나 마약과 같은 부류로 묶어야 한다고 생각해. 부처님이 오계에서 불음주, 즉 술을 마시지 말라고 하신 것은 술이 정신을 몽롱하게 만들고 몸을 망치게 하고 사고를 치게 하기 때문이야. 멀쩡한 사람도 술을 많이 마시면 십중팔구는 망나니가 되어서 실수를 저지르기 때문이지. 그런 면에서 술은 마약과 같고 마약류도 오계에 포함되는 거야. 절대로 먹어서는 안 되는 것들이야. 술이나 마약을 조금만 먹으면 약이 되기도 해. 한 잔의 술은 혈액순환을 좋게 하고 마약은 의사가 마취제로 쓰기도 하지만, 술과 마약은 금방 중독성을 일으켜 자꾸 먹게 되기 때문에 절제하기가 어려워. 술에 관한 일화는 무진장 많지. 많은 사람들이 술을 먹으면 취한 기분에 여러 가지 이야깃거리를 남기게 되지. 술에 대한 긍정적인 말들을 쏟아낸 사람들은 주로 문인, 특히 시인들이 많지. 생각나는 대로 적어보면 중국에는 이백, 두보, 우리나라에는 이규보, 정철, 손순효, 조지훈 등이 있지. 이분들은 한결같이 술이 좋다고 술타령을 하신 분들이야. 이백은 이태백이라고도 하는데, 우리나라 동요에도 나오지. '달아달아 밝은 달아 이태백이 놀던 달아.' 하는 동요 알지. 전해오는 이야기에 의하면 이백이 배를 타고 유람하며 시를 읊다가 술이 하도 취해 물에 비친 달을 잡겠다고 물에 뛰어들었다가 그만 아주 달 속으로 들어갔다고 한단다. 두보는 '술 한 말에 시가 서 말.'이라고 술 찬양을 하고. 정철은 죽으면 누가 와서 술 먹자고 할 사람 없으니 살았을 때 무진장 먹자고 읊었단다. 술 많이 먹은 사람들 대부분이 제 명에 못 살고 술병에 걸려 저세상으로 갔지. 그러므로 술을 아예 입에 대지 않는 게 천수를 누리고 계율을 지키는 첩경이야. 술 마시는 것도 버릇이야. 이 할아버지도 술을 즐겨 마신 젊은 날에 건강을 많이 해쳤기 때문에 나이 들어서 자주 아팠단다. 그래서 술을 아주 딱 끊고 나니 건강이 많이 좋아졌단다. 술은 건강을 해치는 나쁜 인연을 유발하는 것이니 아예 인연을 만들지 말아야 해. 어떤 스님이 곡차를 무척 좋아하여 동자에게 곡차를 자주 사 오라고 했어. 동자승이 술집에 가서 곡차를 달라고 하니 주인이 말하기를, '스님이 또 술을 사 오라고 하셨구나.' 하면서 술을 주는 거야. 동자가 술을 사 와 스님께 드리면서 여쭈었지. '스님, 곡차와 술은 어떻게 다릅니까?'라고 하니 스님 왈, '먹어서 취하지 않으면 곡차이고, 취하면 술이란다.' 일반 사람들이 술 먹을 핑계를 대기 위해 지어낸 이야기이겠지. 술 먹고 취하지 않으면 사람이 아니지. 누가 실험을 했는데 파리도 술 먹으면 취해서 비틀거리더란다.

담배는 정신을 몽롱하게 하거나 실수를 유발하지는 않지만 그야말로 백해무익한 물건이야. 의학적으로 발암 물질이라고 아주 단정했는데도, 왜들 자꾸 피우는지, 끊지 못하는지 이해가 안 되지. 니코틴은 아주 무서운 독성을 가졌을 뿐만 아니라 중독성이 강해 끊기가 힘들다고 해. 그러니 처음부터 아예 손대지 말아야 할 물건이야. 할아버지도 젊었을 때는 담배를 남들만큼 피웠단다. 무엇이든 접하는 계기가 있고 인연이 생겨서 만나게 되는 거야. 그것은 외적인 요인도 있지만 내적인 요인, 즉 내 마음 탓이 많은 거야. 하이틴 시절, 겉멋이 잔뜩 들었던 시절, 어른이 빨리 되고 싶던 시절, 어른이 먹는 술과 담배를 따라 하면 나도 어른이 된 것 같은 착각 속에 살던 때, 선배가 한번 피워보라며 권할 때 그만 빠져들게 되고 말았지. 그 당시에는 서부 영화가 붐을 일으키던 시절이었지. 멋진 서부 사나이들 대부분이 담배를 꼬나물고 호쾌하게 활약하는 모습은 우리 나이 또래들이 보기에는 정말 멋있어 보이고, 나도 담배를 꼬나물면 저렇게 멋져 보이지 않겠나 하는 환상에 빠져서 쉽게 흡연의 유혹에 빠져들게 된 거야. 서부 영화뿐만 아니라 로맨스 영화에도 담배 피우는 장면이 참 많이 등장하던 시절이었어. 아마 담배 회사에서 스폰서 노릇을 많이 했을지도 몰라. 담배 많이 팔아먹으려고. 그래서 배운 담배가 습관이 되어 스무 해도 더 피우고 나서, 그러니까 사십 대의 어느 날 문득 내가 담배를 피워서 얻는 게 뭔가 하는 회의감이 들기 시작했지. 그래서 담배를 피우는 이유와 얻는 게 과연 무엇인지에 대해서 곰곰이 생각하고 하나하나 따져보았지. 연기를 뿜는 게 무슨 멋이냐, 담배 연기가 맛이 있느냐, 사색의 동반자로 곧잘 묘사하는데, 담배를 피우면 정말 생각이 잘 되고 정신이 맑아지느냐. 생각해보니 맛도, 멋도, 생각이 잘된다는 것도 모두가 내 마음이 지어낸 허상이란 걸 깨달았지. 맛은 쓰고 남에게 불쾌한 냄새를 피우고 주머니는 지저분하고 재도 날리고… 뭐 하나 진실로 이득 되는 게 없어. 게다가 건강에 해롭다는 기사도 많이 나왔어. 담배 때문에 망가진 폐와 암에 걸린 폐, 시커멓게 그을린 폐 사진을 보니 정말 담배는 빨리 끊어야겠다는 생각이 간절해지는 거야. 자기 폐를 자기가 매일 훈제한다고 생각하면 그보다 더 어리석은 짓은 없을 거야. 인간만이 저지르는 아주 바보 같은 짓거리가 담배 피우는 행위야. 그래서 당장 금연을 결심하고 실천에 옮겼지. 담배를 끊는 것은 아주 쉬워. 그냥 안 피우면 되는 거지. 그런데 니코틴에 중독된 내 육신도 문제고 습관이 밴 내 정신도 문제야. 나도 모르게 담배를 피우고 싶어서 허둥대는 나를 보게 되는 거야. 그럴 때마다 내가 나를 꾸짖었어. '야, 너 지금 뭐 하고 있어. 그것도 못 참아? 너 그렇게 바보 같은 인간이야? 그냥 참아. 지금만 참아. 오늘 하루만 참아.' 하면서 하루를 참고, 사흘이 지나가니 참을 만하고, 일주일이 지나니 습관이 되기 시작하고, 한 달이 지나니 완전히 악습에서 벗어나고 새 습관이 자리 잡게 되었지. 습관이란 바꾸기가 쉽지 않으나 새 습관을 자꾸 연습하게 되면 저절로 새로운 습관에 젖어 들게 되는 거야. 우리 몸이나 마음은 그렇게 작동하는 거야. 마약도 마찬가지야. 아예 근처에도 안 가는 게 상책이지만, 어쩌다 물들게 되는 경우가 생기면 담배 끊듯이 끊으면 되는 거지. 다 내 마음에서 일어나는 그림자에 지나지 않는다고 생각하면, 마음먹기에 달린 거지. 다시 한번 실감하지. 인연은 선택이고 습관은 매일 지어가는 인연에 지나지 않는다는 사실을. ”

공부에 대하여

“자고 일어나서 밥을 먹었으면 이제 학교에 가야지. 학교에는 공부하러 가지. 이제 공부에 대한 인연에 대해서 한번 살펴보자.

공부라고 하면 대개 학교에서 배우고 익히는 교과목만을 생각하는데, 본래의 뜻은 모든 학문을 배우는 걸 일컫는 말이야. 심지어 불교에서는 수행하는 것도 공부한다고 해. 말하자면 진리를 깨우치는 모든 행위를 공부라고 하는 거지. 공부의 개념이 넓어졌다고 해도 공부하는 자세나 마음가짐과 방법을 찾거나 터득하는 것은 같다고 생각해. 무슨 일을 하든지 그

일을 수행하려면 여러 가지 준비가 필요하고 많은 인연을 만나야 하는 것처럼, 공부도 많은 준비와 인연을 만나야겠지. 많은 책 중에서 배워야 할 책을 정하고, 가르쳐줄 훌륭한 선생님을 만나고, 열심히 배우겠다는 자신의 의지와 노력이 잘 조화가 될 때 좋은 결과가 나타나겠지. 선생님이 아무리 열심히 가르쳐도 학생의 마음이 딴 곳에 가 있다면 아무 소용이 없지. 배움에는 무엇보다도 자신의 의지와 노력이 제일 중요하지. 다른 인연이 조금 부실해도 꼭 이루고야 말겠다는 의지와 노력이 있으면 반드시 성취하게 되는 거야. 결론은 간단해. 정신을 집중해서 열심히 공부하면 다 알게 되고, 다 알면 시험을 칠 때 만점 맞을 수 있고, 그렇게 실력이 계속 쌓이면 좋은 학교에 입학하고, 졸업해서 좋은 직장 가지고, 공부할 때처럼 인생을 열심히 살게 되면, 그게 바로 꽃길을 걸어가는 방법이고 인연이야. ”

건강에 대하여

“학교에서 휴식 시간에 뭘 하고 보내는지에 따라서 건강이 좌우된다고 해도 과언이 아니다. 휴대폰이 없을 때만 해도 운동장에서 아이들이 많이 뛰어놀았는데, 요새는 휴대폰으로 게임한다고 운동장에서 노는 아이들을 찾아보기 힘들구나. 맛있고 열량 많은 음식과 군것질을 잔뜩 먹고 운동은 거의 안 하면 뚱뚱이가 되기 십상이지. 아이나 어른이나 비만이 되면 온갖 병이 생기는 원인이 된다고 온 세상 의사들이 입을 모아 말하고 있다. 비만은 온갖 병의 온상이고 죽음으로 가는 지름길이라고. 지금의 세태가 할아버지는 걱정스럽다.

선생님들이 강제로라도 운동장으로 내보내 운동을 열심히 하도록 해야 하는데, 학생 인권을 존중한다고 못 하게 하고 안 하게 되니, 아이들의 체력은 떨어지고, 눈과 귀는 나빠지고, 정신은 흐리멍덩하게 되는 일이 벌어지고 있어. 장차 이 아이들이 나라를 이끌고 가야 할 텐데, 이렇게 자라도록 내버려 두어야 하는지 할아버지는 심히 염려스럽다. 미국이나 영국에서는 아이들이 운동하고 난 후에 공부에 더 집중을 잘해서 성적이 향상된다는 연구 결과를 발표하고 벌써 운동을 시키기 시작한다는데, 우리나라는 아직 아무도 관심을 가지지 않고 있으니 참으로 답답하구나. 민서 너만이라도 휴대폰은 꼭 필요한 때만 사용하고, 쉬는 시간에는 친구랑 열심히 뛰어놀기를 바란다. 건강이 살아가는 데 무엇보다도 중요하다는 말은 더 할 필요가 없지. 아프고 기운이 없으면 아무것도 할 수 없고 의욕도 일어나지 않지. 할아버지가 처음 중학교에 입학했을 때 제일 신기한 것은 과목마다 가르치는 선생님이 다 다르다는 사실이었단다. 초등학교 시절에는 담임선생님이 전 과목을 다 가르쳐주셨어. 입학 후 처음 수업을 시작하는데, 과목마다 담임선생님이 오셔서 자기가 가르치는 과목이 왜 중요한지에 대해서 설명을 해주시는데, 다 일리 있고 맞는 말씀이라 그 과목을 열심히 공부해야겠다고 마음으로 다짐하곤 했지. 그런데 체육 선생님이 오셔서 '너희들, 과목마다 선생님이 오셔서 자기 과목이 다 중요하다고 강조하셨지? 맞는 말씀이야. 그런데 내일 원자탄 만들려고 하는데 오늘 죽어버리면 뭔 소용이 있어. 건강이 최고야. 건강해야 원자탄도 만들고 뭐도 만들지, 죽으면 아무 의미가 없어. 그러니까 몸을 건강하게 하는 체육이 제일 중요한 거야. 알았지?' 하는 말씀을 듣고 건강의 중요성을 크게 깨쳤단다. 건강은 으레 항상 가지고 사는 것으로 착각하고 있었거든. 건강도 나날이 챙겨야 하고 가꾸어야만 하는 생활 속 인연의 연속적 현상이야. 상한 음식 먹으면 배탈 나고, 기름진 음식 많이 먹으면 비만병에 걸리고, 술 많이 먹으면 간암 걸리기 쉽고, 담배 많이 오래 피우면 폐암 걸릴 거고, 휴대폰 오래 많이 보면 눈 나빠지고 머리가 둔해지고 한눈팔고 걷다가 넘어지면 다치게 될 거고. 우리의 건강을 해칠 요인들이 수없이 많으니까 항상 유념해서 나의 이 행위가 건강에 해를 끼치지는 않을까 한 번 더 생각하고 행동에 옮겨야 한단다. 건강을 위해서 가장 기본적인 것은 밥 잘 먹고, 잠 충분히 자고, 운동 알맞게 하는 거야. 밥 잘 먹는다는 것은 고기와 채소와 곡류를 골고루 먹고, 한 입에 서른 번 이상 꼭꼭 씹어 먹는 걸 말하는 거야. 할아버지가 대체적인 것만 말했으나 이 정도만 실천해도 건강을 유지하는 데 큰 어려움이 없을 거야. 살아가면서 만약 병에 걸리면 병원에 가서 치료하고 의사가 시키는 대로 하면 될 거고. ”

취미와 오락에 대하여

"둘 다 자기가 좋아서 하는 행위임에는 똑같지만, 취미는 보다 정신적인 만족을 얻기 위한 행위이고, 오락은 주로 쾌락을 추구하는 행동이라고 할 수 있겠다. 둘 다 건전성과 그렇지 않은 것으로 구분해서, 건전한 취미생활 또는 건전한 오락이라고 하는 것들과 그렇지 않은 것들은 불건전한 취미생활 또는 불건전한 오락이라고 말한다. 건전하다는 사전적 의미는 바르고 건실하다는 말인데, 즉 내가 생각하거나 남이 생각하기에 올바르고 긍정적인 결과를 가져오는 것들을 말하는 거다. 불건전하다는 것은 건전하다의 반대 의미이니까 하지 않는 게 좋겠지. 좋아서 한다는 것은 만족감과 행복감을 얻기 위한 행동인데, 의학적으로는 뇌에서 도파민, 세로토닌, 엔도르핀 등이 분비되면 기분이 좋아진다고 하니 정신과 육체가 함께 만들어내는 오케스트라가 바로 일어나는구나. 다만 건전한 취미나 오락도 너무 빠져들면 시간적으로나 금전적으로나 정신적으로나 나를 피폐하게 만들 수 있으므로, 적당히 즐기고 적당히 만족하는 선에서 그만둘 줄도 알아야 한다. 운동경기 시합이나 골프 등이 그러하고, 더구나 재미 삼아서 내기를 하면 점점 건전한 것과는 멀어진다. 남의 생명을 빼앗는 낚시나 사냥을 취미나 스포츠라고 하는 사람도 있는데, 부처님의 가르침에 따르면 그것은 살생이므로 그렇게 말하면 안 되지. 살아가면서 어쩔 수 없이 살생을 할 수도 있겠지만, 살생을 취미로 하면 그 죗값은 억겁을 두고도 다 못 갚을 죄업이 되는 거란다. 그러니까 처음부터 취미와 오락을 잘 선택해서 삶을 즐겨야 해. 고상한 취미, 예를 들면 그림을 그리거나 노래를 부르거나 악기를 연주하거나 글을 쓰거나 시를 짓거나 조각을 하거나 조소를 하거나, 얼마든지 자기를 즐겁게 할 좋은 취미가 많으니까, 찾기도 하고 스스로 발굴하기도 하고 만들기도 하렴. 오락은 아주 조금씩, 가끔씩 하고 될수록 안 하는 게 좋다. ”

직업에
대하여

"살아가려면 반드시 가져야 하는 게 직업이겠지. 생계를 위해서도 꼭 가져야 하지만, 일을 하지 않으면 심심해서 타락밖에 할 게 없어. 산다는 것은 어쩌면 시간을 보내는 거라고 말할 수 있는데, 일을 하지 않으면 취미나 오락에 빠질 수밖에 없고, 거기만 매달리다 보면 인성이 퇴폐하고 삭막해져 망할 수밖에 없지. 로마 제국이 망한 이유는 여러 가지가 있겠지만, 그중 하나가 사람들이 할 일이 없어서 매일 오락만 즐기다가 망한 거야. 로마는 여러 나라를 침략하여 물자와 사람들을 약탈해 와 자기 나라 국민들에게 나누어준 거야. 그러니까 일은 노예들이 다 하고 물자는 풍부하니, 먹을 것은 넘쳐나고 그러니까 자국민들은 일할 필요가 없는 거야. 심지어 음식을 먹을 때 배부르면 토하고, 또 먹고 했다고 하니, 그네들 정신 상태가 어떻게 변했을지 익히 짐작이 가지. 더구나 할 일이 없으니 위정자들은 백성들이 엉뚱한 생각을 하거나 정변을 일으킬까 봐, 예방하는 차원에서 오락에 물들게 한 것이 콜로세움이라는 거대한 경기장을 만들어 싸움하는 놀이를 매일 구경하게 만들었던 거야. 짐승과 짐승끼리 싸우게도 하고, 짐승과 사람이 싸우게도 하고, 사람과 사람끼리 싸우게도 했단다. 피 튀기는 잔인한 장면을 매일 보는 로마인들의 심성이 어떻게 변했을지는 짐작하고도 남음이 있겠다. 그러고도 나라가 망하지 않으면 그게 이상하겠지. 할아버지가 왜 이런 이야기를 하느냐 하면, 사람이 할 일이 없으면 안 된다는 걸 말하기 위함이야. 할아버지가 은근히 걱정되는 것은 앞으로 인공지능과 로봇이 점점 발달하여 정말 사람이 할 일이 없어지면 어떻게 될까 하는 걱정이야. 그래서 다시 로마 시대처럼 타락하지나 않을까 걱정되기 때문이야. 그래서 앞으로의 직업은 생계를 위해서만이 아니고 취미와 오락을 가미하는 형태가 될 가능성이 높을 것 같아. 지금도 좋아하는 일을 찾아서 직업으로 택하라는 말들을 많이 하고 있지. 좋아서 하면 잘하게 되고, 잘하면 인정 받게 되고, 그러면 저절로 성공하는 삶을 살게 된다고 말하는 분도 있더라. 맞는 말이지. 좋아하는 일을 하면 즐거운 마음이 일어나서 일이 잘되고 능률도 좋아지는 것은 틀림없어. 예전에는 그런 일을 찾기도 어렵고 그렇게 하고 싶어도 생계가 우선이니, 하기 싫은 일도 월급 많이 주면 해야 했고, 하고 싶은 일이 있어도 돈벌이가 적으면 할 수가 없었지. 세태도 많이 달라졌고 일하는 방식도 많이 달라져서 요새는 점점 좋아하는 일자리를 찾는 경향이 늘어가고 있던데, 앞으로는 점점 자기가 좋아하는 일을 업으로 택하는 세상이 될 거야. 좋아하는 것과 잘하는 것은 약간 별개이긴 해. 좋아해도 잘할 수 없는 게 있고, 잘하지만 좋아하는 일이 아닐 수도 있지. 제일 좋은 것은 좋아하면서도 잘할 수 있는 게 최고이니까, 그걸 찾아서 업으로 삼아 살아가는 게 최선의 길이야. 어떤 미래학자는 앞으로의 세상에서는 한 가지 직업으로 살아갈 수 없고 여러 가지 일을 다양하게 수행하는 능력을 길러야 한다고 하는데 미래 일을 누가 다 알겠어. 그때그때 적응해서 살아가야지. 그게 바로 인연법이야. 인연 따라 결과가 나타나니 그것에 적응하는 게 진화해 가는 거지. 그러니까 인연은 끝이 없고 적응

은 진화이고 진화는 발전이니 인연은 영원하고 희망적인 우주
의 법이야."

모든 사람들이 추구하는 꽃길의 끝은 어디일까

"보통의 사람들이 갈구하는 행복한 삶은 어딘가에 분명히 존재한다고 믿어도 될까. 유토피아는 어디에 있을까. 유토피아의 뜻은 어디에도 없는 곳이란다. 플라톤이 『국가론』에서 이상적인 국가에 대해 설명한 개념을 토머스 모어가 『유토피아』란 책에서 쓰면서 등장한 이곳은, 모두가 다 똑같이 생활하며 사는 행복한 사회란다. 이 말은 역설적으로 말하면 사람이 모여 사는 국가 형태에서 만족할 만한 국가 제도가 없다는 뜻이지. 왕권 사회도, 민주주의 사회도, 봉건주의 사회도 모든 사람을 다 행복하게 해줄 수는 없다는 말이다. 어떤 제도든 다스리는 사람과 다스림을 받는 사람은 공평할 수가 없고 불평등이 생기게 마련이지. 플라톤은 독신으로 사는 철학자가 다스리면 이상 국가가 될 수 있을 거라고 했어. 물론 그런 사람이 다스린 국가도 없었지만, 설령 그런 사람이 다스린다고 한들 혼자서 다 다스릴 수는 없으니, 명을 받들 사람과 시행하는 사람들이 모두 독신 철학자라야 어느 정도 가능할 일이겠지. 그러나 과연 그러한 조직이 있을 수도 없고, 독신 철학자는 과연 욕심이 없는 사람일까. 사람은 나름대로 다 욕심이 있기 때문에 살아가는 것이야. 아무런 욕망이 없으면 살아갈 수가 없을 거야. 왜냐하면 욕심은 삶의 원동력이기 때문이지. 그런데도 똑같이 잘 살 수 있는 길이 있다고 떠드는 사람들이 만들어낸 제도가 공산주의나 사회주의이지. 공산주의나 사회주의를 실천한 국가들의 백성들이 똑같이 행복하게 잘 살았다는 곳은 이 우주의 어느 곳에도 존재하지 않아. 사람이 만든 제도하에서 사람이 다스리는 곳에서 완전한 평등과 행복한 삶은 그 어디에도 없어. 왜냐하면 어떤 사회든 개개인이 모여서 살아가는 게 세상이고, 개개인의 욕망과 욕심은 다 다르기 때문이지.

그래서 사람들은 여러 가지 형태의 이상향을 꿈꾸게 되어, 상상 속의 세계, 무릉도원을 생각해내고 천국이나 불국토를 만들어낸 거란다. 무릉도원은 중국인이 상상 속에서 지어낸 꿈같은 세상이란다. 그곳의 사람들은 모두가 일 열심히 해서 배부르게 먹고, 세금을 내지 않아도 되고 아프지도 않고 아무 걱정 없이 살아가고 있다고 한다. 이 이야기를 지어낸 사람은 틀림없이 배고프고, 농사지을 땅뙈기도 없고, 조금 수입이 있으면 세금으로 다 뜯기고 몸도 아프고 걱정과 근심이 많았던 사람이, 현실의 고달픔을 벗어나고자 해본 상상 속의 세상인 것이지.

천국은 어떠한 곳인가. 나라마다, 종교마다 조금씩 다르지만, 천국은 걱정, 근심 없이 다들 행복하게 살아갈 수 있다는 곳이라는 점은 거의 같다고 말할 수 있겠지. 아직까지 그 누구도 천국에 다녀왔다는 사람이 없는데도 이러한 개념이 생겼다는 사실은, 그 어느 때나 현실 세계는 살아가기가 힘들고 어렵다는 걸 말해주는 거지. 천국을 만들어낸 사람은 두 종류의 사람들이겠지. 한 종류는 현실의 삶이 고달픈 사람들일 거고, 또 한 종류의 사람은 고달픈 삶을 사는 사람에게 희망을 불어넣어 주고자 종교를 만든 사람들일 거야. 고달픈 삶의 무게를 잠시라도 덜어주는 점에서 필요한 거라고 말할 수도 있겠지.

불국토는 어떤 세계인가. 극락세계라고도 하고 서방정토라고도 하는데, 이 역시 실재하는 것처럼 말한다는 점에서는 여타 종교에서 말하는 천국과 별 차이가 없지. 어떤 종교에서 말하든 다 내세의 이야기이니까 희망을 준다는 점에서 필요하다고 할 수도 있고, 또 모두가 착하게 살면 갈 수 있다고 하는 점에서 인연과 업으로 보면 맞는다고 할 수도 있지. 그렇지만 그것은 어디까지나 내세의 삶이고, 현실의 고달픈 삶에서 잠시라도 벗어나는 길이 있다면 어떤 방법이 있을까? 그것은 삼매에 들어가는 방법밖에 없지. 삼매란 무엇이냐 하면, 정신통일, 즉 몰입의 경지, 몰아의 경지를 말하는 거야. 독서 삼매경이란 말이 있지. 재미있는 책에 정신이 팔려 세상사 다 잊고 책 세계에 빠져드는 경지를 독서 삼매경이라고 하는 거지. 옛날에 선비들이 독서 삼매경에 빠져 일을 하지 않아 쌀독이 비어, 마누라가 바가지로 빡빡 긁어서 밥을 했대서 '바가지를 긁는다.'라는 말이 생겨났다는 이야기가 있어. 좋은 일에 너무 빠져도 생활에 문제가 발생하는데, 하물며 나쁜 일에 정신이 팔려 시간 가는 줄 모르면 삶이 피폐하게 되겠지. 예전에는 장기나 바둑에 정신이 팔려 할 일을 하지 않고 노는 사람에게 하는 말이, '신선놀음에 도낏자루 썩는다.'라고 했지. 요새는 오락의 종류가 너무 많아 사회적 문제가 많이 발생하고 있어. 어린이들도 스마트폰 게임에 빠져 몸도 나빠지고 정신도 망가지고 있고, 어른들도 노름에 빠져 패가망신하는 사람들이 늘고 있다니 걱정이 아닐 수 없구나. 즐거움을 어디에서 얻느냐에 따라서 인생의 행복과 불행이 정해질 수도 있으니, 모든 것은 선택, 즉 인연을 어떻게 짓느냐에 달린 것이다. 인생의 꽃길, 즉 행복은 인연의 선택에 달린 것이고, 그것은 본인의 의지에 달린 것이야. 본인의 삶은 본인이 지은 대로 받는 것이니, 그런 면에서 온 세상 사람들이 다 공평하다고 볼 수 있겠다. ”

연령별로 보는 꽃길은 다 다르다

"공자께서 자기 인생을 돌아보고 연령대별로 어떻게 살아왔는지를 말씀하신 게 있다. 열다섯 살에 학문에 뜻을 두어 공부를 시작했고, 서른 살이 되니 예절을 알아 사람 구실을 하게 됐고, 마흔이 되니 세상 물정이나 학문에 어느 정도 통달하여 세상사 어느 경우에도 마음의 흔들림이 없어지고, 쉰 살이 되니 하늘의 이치와 우주의 법도를 알게 되고, 예순 살이 되니 누가 무슨 말을 하든지 이해하지 못할 말이 없어 오해할 일도 없어지고, 일흔 살이 되니 내 마음이 일어나는 대로 행동해도 법도에 어긋남이 없었다고 했지.

공자는 인류의 사대 성인 중 한 분이니 감히 우리가 똑같이 흉내를 낼 수야 없지만, 가르침대로 살아가려고 노력은 해야 하는 게 우리들의 몫이지. 열다섯 나이에 학문에 뜻을 가지게 된다는 것은, 요새 말로 하면 인생 진로를 정했다는 말이지. 예전에는 평균 수명이 짧은 대신 현재보다 일찍 소견이 생겨났지. 환경 탓일지도 몰라. 고생을 많이 할수록 철이 빨리 드는 게 자연의 이법이야. 식물도 자라는 환경이 척박하면 빨리 열매를 맺거든. 공자도 집이 가난하여 어릴 때 고생을 무척 많이 했다고 하니, 철이 빨리 들어 공부해서 입신양명해야겠다고 생각한 거 같아. 열다섯이라는 나이는 사춘기에 접어들 나이인데 갈 길을 빨리 정한 걸 보면 고생이 꼭 나쁜 환경이라고 할 수도 없지. 자기가 마음을 어떻게 먹느냐에 달린 거다. 사춘기를 보통 질풍노도의 시기라고들 말하는데, 에너지가 차고 넘친다는 의미겠지.

하고 싶은 것은 많은데 지식도 부족하고 여러 가지 여건도 따라 주지 않으니 불만도 많고 엉뚱한 일도 저지르게 되고, 그래서 어른들이 보기에는 천방지축으로 날뛰는 시절이지. 영미권에서도 틴에이저는 어른도 아니고 애도 아닌 과도기적 시기라서 교육에 각별히 신경 쓰고 있지만, 골치 아프기는 동서양이 같겠지. <십 대의 반항>이라는 영화도 있어. 이 시기의 제일 큰 문제는 이성 간의 교제야. 육체적으로는 성인이 다 되었는데 인간 사회에는 윤리와 도덕이 있기 때문에 함부로 행동할 수 없으니 괴로울 수밖에 없지. 동물들은 성장하여 어른이 되면 자연스레 본능에 따라 짝을 찾아 짝짓기를 하지만, 사람 사회에서는 성인이 되어도 가정을 이룰 때까지는 함부로 관계를 맺으면 안 되는 게 사회법도야. 만약에 그렇지 않을 경우에는 사회가 혼란에 빠질 것이기 때문에, 인간 사회의 질서 유지를 위해서 일부일처제를 유지하는 나라가 많지. 일부다처제나 일처다부제 사회는 문제가 많아. 남녀 중 한 쪽이 억울한 일이 생기기 때문에 불만 사회가 되기 때문이지. 그러므로 가정을 가질 때까지는 육체적 본능을 억제하고, 정신적 성장을 위해서 공부도 하고 직장을 가지고 충분한 준비를 하는 기간으로 생각하고, 그렇게 행동해서 사춘기를 잘 보내야 해. 결혼을 하기 위해서 짝을 찾을 나이가 되면 마음에 맞는 짝을 찾는 방법은 친구 찾는 법에서 언급했으니 다시 읽거나 상기해보렴.

공자는 나이 삼십에 예절을 알아 비로소 사람 구실을 하게 되었다고 했어. 예절을 안다는 말은 사람으로서 지켜야 할 사회적 법과 양심적 법, 즉 도덕과 윤리를 알고 실천할 수 있다는 뜻이겠지. 당연히 지켜야 할 법을 지키지 않아 처벌받는 사람은 사람 구실을 못 하는 거지. 이 나이쯤에는 의욕이 넘쳐나고 욕망이 많으니 하고 싶은 것도 많고, 갖고 싶은 것도 많고 출세도 하고 싶고, 그야말로 오욕칠정이 끓어 넘치는 시기이지. 이 시기에 가장 유념해야 할 것은 쾌락 추구를 절제해야 해. 취미나 오락을 하나도 즐기지 않고는 살 수 없는 게 인간의 삶이지만, 언제나 자기 자신을 항상 돌아보고 거기에 빠지지 않도록 해야 한다. 그러기 위해서 가장 좋은 방법은 자기가 하는 일에 몰두하는 거야. 현재 하는 방법보다 더 좋고 능률적이고 효과적인 방법을 찾고 개선하는 데 골몰하면 최상의 삶이 될 거야. 모든 성공한 사람들은 자기 일에 최선을 다하는 습관을 지닌 분들이지.

사십 대에 이르면 세상 물정도 많이 알고, 자기가 하는 일도 베테랑의 경지에 도달하여 주위의 유혹에 쉽게 넘어가지 않는 경지에 다다른다고 했지만, 공자 같은 인품을 가진 분이나 자신 있게 하는 말씀이지, 일반 사람들은 여전히 유혹에 빠질 가능성이 높아. 어떤 면에서는 그동안 쌓은 경험과 실력으로 자신감이 생겨서 일을 저지르거나 꼬임에 빠질 경우가 생기게 될지도 모르는 시기야. 새로운 길을 개척해서 더 좋은 결과를 가져오는 경우도 있지만, 그렇지 않은 경우도 생기는 게 인간사니까 잘 판단하고 검토해서 결정해야 하겠지. 오십이 되니 지천명의 나이라 우주의 법도와 인간사의 법도를 알아서 큰 실수를 하지 않게 된다고 했지. 자기가 하는 일에 어느 정도 일가견이 생겨서 큰 실수 없이 일을 수행해 나갈 수 있음을 말한 것이야. 나이를 한고비씩 넘는다는 것은 그만큼 판단력이 늘어나게 된다는 말이지. 공자께서도 나이 오십이 되니 마흔아홉에 한 일이 후회가 된다고 하신 적이 있다니, 그와 같이 지난 일을 돌아보면 누구나 후회되는 일이 많아. 그러므로 항상 겸손한 마음으로 맡은 일에 최선을 다해서 살아가야 해. 예순 살이 되니 누가 무슨 말을 해도 다 이해하고 귀에 거슬리지 않는다고 하는 것은, 남의 마음도 알고 포용력이 넓어졌다는 말씀이겠지. 지금에 비춰 봐도 이 나이에 이르면 정년퇴직을 하고, 남은 인생을 새로이 설계해야 하기에 마음가짐을 새로이 하고, 새 일을 찾아야 심심하지 않고 보람 있는 삶을 살아갈 수가 있겠지. 할아버지는 너희들을 키우는 보람에 한십 년을 잘 보낼 수 있어서 고맙게 생각한다.

칠십이 되니 생각나는 대로 행동해도 법도에 어긋나지 않는다고 하는 것은 세상살이의 이치를 다 터득했다는 말씀이겠지. 지금은 칠순이 많지 않은 나이지만, 옛날에는 '인생 칠십 고래 희.'라고 드물게 오래 산다는 말을 했지. 요새로 치면 한백 세쯤 산다는 말이지. 이 나이까지 살면 온갖 경험을 다 하고 세상살이의 이치와 지식을 다 알고 지혜도 가졌으니, 법도에 어긋나는 행동을 저절로 안 하게 되는 거지. 한마디로 걸림 없이 유유자적하게 살아갈 수 있다는 뜻이야. 나이가 많다는 것이 억울하다거나 슬퍼할 일도 아니란 거지. 공자 같은 인격을 가지지 못한 보통 사람들도 나이 듦에 따라 자기 나름대로 인생을 살아가면서 지식과 경험을 쌓아가고 지혜도 생기니, 자기만의 꽃길로 행복을 만들어 갈 수가 있고, 그렇게 해야만 후회 없는 삶을 살아갈 수가 있겠지.

공자님 말씀을 빌려서 세대별로 살펴보았구나. 십 년 단위가 꼭 맞는 것은 아니겠지만 십 년이면 강산도 변한다는데, 사람의 마음도 세월 따라 변하고 각자의 환경에 따라 변화의 속도도 다르겠지만, 언제, 어디서나, 어떤 환경에서나 각자 자기 나름의 꽃길을 찾아야 하고 누리면서 살아가야 하겠지. 공자님 말씀은 한마디로 무리하지 말고 순리대로 잘하라는 거다. 공자님도 세 가지 즐거움이 있다고 말씀하셨지. 첫째, '학이시습지 불역열호.'라 하셨어. 많은 사람들이 번역하기를 '배우고 때때로 익히니 즐겁지 아니한가.'라고 하는데, 이는 약간 잘못된 번역이라는 느낌이 들어. 공자 같은 분이 시간 날 때나 심심할 때 공부한다는 말이 좀 어폐가 있지. '새로운 분야나 시류에 따른 새로운 이론을 만났을 때 그것을 익히고 습득하면 즐겁지 아니한가.' 이렇게 말씀하신 것 같은 생각이 들어. 둘째, '유붕자원방래 불역낙호.'라. 즉, '멀리서 찾아오는 벗이 있으니 이 또한 즐거운 일이지 않은가.'라고 하셨지. 인생살이에서 친한 친구가 있다는 것은 즐겁고 즐거운 일이니, 마음을 터놓고 이야기할 수 있는 친구는 꼭 사귀어 잘 지켜야 해. 셋째, '인부지이불온 불역군자호.'라. 즉, '남이 나를 알아주지 않아도 서운하지 않으니 이 또한 군자라 할 만하지 않으냐.'라고 했는데, 너무 출세하려고 노심초사하지 말고 초연하게 자기만의 꽃길을 누리라는 말씀인데, 여기에는 약간 아이러니한 사실도 있다고 해. 젊은 시절의 공자는 여러 나라를 다니면서 직장을 구하러 다닌 적이 있다고 해. 그런데 어떤 군주도 받아주지를 않았지. 그 당시는 춘추전국 시대라서 전쟁을 많이 했는데, 그러려면 한비자 같은 법가나 손자 같은 병가가 당장 써먹기 좋지, 공자 같은 유가는 평화 시대의 치세에는 도움이 되겠지만, 전국 시대 같은 난세에는 도움이 안 되므로 가는 곳마다 거절

당했다는구나. 그래서 하신 말이 아닐까 하는 생각이 든다. 어쨌거나 공자께서 벼슬을 안 하고 학문을 발전시키고 제자를 많이 길러냈으니, 인류를 위해서 더 많은 공헌을 하시고 군자가 되신 것은 사실이다. 그래서 나중에 그렇게 사신 것이 즐거움이 되었나 보다. 사람마다 각자 즐거움이 있겠고, 없으면 생각해서 만들어 내는 즐거움도 있는지, 공자를 본받아서 많은 사람들이 인생삼락을 말하곤 했지. 인생의 즐거움이 어찌 세 가지뿐이겠냐마는, 공자님 흉내를 낸다고 그러는지 세 가지씩 이야기를 하는 사람들이 많이 생겼지. 대표적인 게 맹자의 인생삼락이 있는데, 첫째, 부모·형제가 건강하게 잘 살아계시는 거고, 둘째, 하늘을 보고 사람을 봐도 부끄러운 게 없고, 셋째, 천하의 영재를 모아 가르치는 거라고 했다. 첫째 것은 세월이 가면 변하기 쉬운 사항이고, 둘째도 온전한 인격이 아니면 힘들겠고, 셋째도 보통 사람은 넘보기 힘든 일이네. 그러니까 맹자 님이나 가지는 삼락이겠지. 이외에도 많은 유명인이 자기 나름대로 삼락을 이야기했는데 다 알 필요도 없고, 중요한 것은 우리와 같은 보통 사람들도 자기 나름의 낙을 정해놓고 즐겁게 살아가는 게 중요하겠지. 할아버지의 낙은 너희들이 건강하고 올바르게 잘 성장하는 것을 지켜보는 것이야. 네가 나에게 앞으로 꽃길만 걸어가게 해주겠다고 했지. 할아버지가 걸어가고 싶은 꽃길은 바로 네가 걷는 꽃길을 지켜보는 것이란다.”

꽃길만 걸어가는 비법은 무엇이 있을까

" 우선 꽃길만 걸어가는 방법을 알기 전에 그 길이 어떻게 이루어지는지 생각해보자. 우리가 어떤 일에 대해 생각을 하고 행동에 옮길 때는 마음을 내게 되는데, 내 마음을 잘 살펴보면 내 마음에는 세 가지의 마음이 있는 것 같아. 한 개는 천사가 인도하는 마음이고, 다른 하나는 악마, 사탄이 인도하는 마음이고, 또 하나는 선택하고 결정해서 행동하는 마음이야. 천사가 인도하는 길은 꽃길이고 악마가 인도하는 길은 가시밭길인데, 어떤 길을 택할지는 그것을 결정하는 내 마음이 중요하겠지. 어떤 일을 행하고 결정할 때 일어나는 마음의 갈등을 말하는 거야. 예를 들면 학교 숙제를 해야 하는데 '지금 바로 해놓고 놀아야지.' 하는 마음이 생기는가 하면, '아니야. 친구가 놀자고 하니 좀 놀고 나서 해야지.' 하는 마음이 일어날 때, 어떤 선택을 해서 마음을 결정하느냐에 따라서 결과가 달라지지. 또 다른 예를 하나 더 들어보자. 맛있지만 비만의 원인이 되는 달고 기름진 음식들을 앞에 놓고 먹지 말아야겠다는 마음과 먹고 보자는 마음이 갈등을 일으킬 때, 어느 쪽을 선택하느냐에 따라 비만에 걸릴 수도 있고 안 걸릴 수도 있는 거지. 선택하는 우리의 마음은 살면서 배운 지식과 경험에 의해서 생긴 지혜로써 판단하는 마음이고, 선한 마음과 악한 마음도 우리가 알고 일으키는 내 마음의 양면적인 작용이지. 그러니까 무슨 일이든지 인연을 지을 때, 어떤 판단과 선택을 할 것인지에 따라 꽃길과 가시밭길이 정해진다고 봐. 불교에서는 이렇게 나를 항상 선택의 기로에서 갈등을 일으키는 이 마음이 도대체 뭘까 하면서 마음의 본질을 들여다보는 게 수행의 한 부분이지. 수행을 해서 자기 마음의 실체를 알아낸 사람을 일컬어 선지식이라 하고 또는 각자, 즉 깨달은 사람이라고 하는데 보통 사람은 도달하기 어려운 경지지. 보통 사람들은 살면서 배운 지식과 경험을 바탕으로 생각나는 것들을 마음이라고 하고, 마음먹기에 달렸다고 하면서 원효 스님의 '일체유심조'를 인용해서 이야기들을 한단다. 그러니까 이 마음은 지식과 경험에 의해서 생겨나므로 항상 공부를 많이 하고 책을 많이 읽고 어른들의 좋은 말씀도 많이 들어야 해. 경험에는 직접 경험, 즉 체험하는 것과 간접 경험, 즉 책을 읽거나 남의 말을 듣는 것이 있지. 체험이 제일 좋겠지만 비용이 많이 발생하고, 즐거움이 따르기도 하지만 괴로움도 따를 수 있고, 모든 세상사를 다 체험하기도 어렵기 때문에, 되도록 간접 경험에서 다양한 지식을 얻는 게 좋은 방법이지. 결론은 꽃길을 발견하기 위해서는 많이 알아야 한다. 많이 알수록 판단을 더 정확히 할 수 있고 실패할 확률이 낮을 테니까. 이 말은 꽃길은 살아갈수록 자꾸 바뀔 수도 있다는 말이지. 왜냐하면 자꾸 배우고 경험하는 게 늘어나니까. 즉, 나날이 새로운 인연을 만나게 되니까. 그때마다 좋은 인연을 선택하고 짓는 게 꽃길로 가는 길이다. ”

내 사랑 민서에게 당부하는 말

“민서야(여기서 민서는, 내 손주 모두와 사랑하는 모든 이들의 대명사임).

먼저 너에게 감사한다. 네가 있음에 나는 항상 행복하고 꽃길을 걷고 있다고 생각한다. 민서 없는 사람들은 세상이 얼마나 삭막할까. 아마 그런 사람은 한 사람도 없으리라고 생각한다. 사랑하는 사람이 한 명도 없는 사람이 어디 있으랴. 사람의 일생은 나이에 따라 세월의 길이도 달라 보이고, 도모하고 추구하는 가치관도 변해 가는 걸 누구나 느끼고 살 거야. 우리의 삶이 끊임없이 변해가고, 거기에 적응하려면 당연히 변해야만 하는 거지. 하루하루는 별일 없이 지나가면 그날이 그날 같지만, 그 하루가 쌓여 일 년이 되고, 십 년도 금방 지나가고, 또 다가오는 법이야. 세월은 그래서 알게 모르게 잘 지나간다. 그러므로 흐르는 세월 속에서 하루하루, 시시각각, 매 순간이 중요하고, 매 순간 일어나고 닥쳐오는 인연(해야 할 일)을 잘 판단하고 선택해서 행해야 할 것이야. 행여 순간적인 판단 착오 또는 너무 가볍게 생각하여 가시밭길로 들어서면 얼른 다시 꽃길로 가는 인연을 찾아 꽃길로 들어가도록 해라. 실수를 두려워해서도 안 되지만, 자주 반복해서는 안 되는 거야. 항상 바른 판단을 하도록 무슨 일이든 가볍게 생각하지 마. 삶이란 끝없이 일어나고 다가오는 인연의 연속이야. 결과는 인연의 연속적인 과정에 나타나는 일시적인 현상일뿐, 인생의 전 과정에서 보면 인연의 연속적인 과정의 한순간일 뿐이야. 그러므로 매 순간 일어나고 맞이하는 인연이, 내 전 인생의 꽃길에 그때그때 새로운 꽃 한 송이씩 추가하는 인연이라고 생각하면, 경건하게 대하고 잘 처리해야 할 것이야. 꽃길을 만드는 것도 오로지 네가 할 일이고, 꽃길을 걸어가는 것도 너의 몫이라는 걸 항상 염두에 두고 살아라. 할아버지를 꽃길에서 걷게 해주려면, 네가 꽃길을 걸어가면 된단다.

내가 행복해지는 게 사랑하는 사람을 행복하게 하는 길이고, 사랑하는 사람이 꽃길 걷는 걸 바라보는 게 내가 꽃길을 걸어가는 거란다. 우리 민서, 사랑해. ”

어떤 반려자를 만나야 함께 꽃길을 걸어갈 수 있을까

"반려자란 자기의 인생길을 함께 걸어갈 자기의 반쪽을 의미하는 게 지금까지의 관념이었는데, 지금은 많이 폭넓게 사용하여 할아버지가 듣기에 거북한 용도로도 쓰고 있네. 반려견이나 반려동물 심지어 반려식물이라고도 하니 좀 듣기 거북하구나. 남자나 여자나 상대편 배우자를 칭하는 말이 반려자의 본래 뜻이란다. 반려자를 왜 선택하여 같이 살아가야 할까. 생물학적인 의미도 있겠지만, 인생길이라는 것은 지나고 보면 짧은 것 같아도 젊어서 볼 때는 까마득히 멀어 보이는 거란다. 저 먼 길을 혼자 가기에는 외롭고 심심하고 무서울 것 같아서 함께 갈 길동무가 필요해서 서로 찾게 되는 거라고 생각해. 그래서 부부의 연을 맺고 살아가는 거야. 부부란 함께 살다 보면 의견 차이로 다툴 일도 많지만, 그래도 젊을 때는 애인이고 늙으면 친구가 되며 자기의 반쪽이니 이 세상에서 누구보다 가장 가깝고 친한 관계인 거지. 시대에 따라 모든 가치관이 변해 가듯이 결혼에 대한 관념이나 가치관도 많이 변해 왔는데, 요즈음은 독신주의자가 많아지는 것 같아서 안타깝고, 결혼을 해도 자식을 낳지 않는 사람들도 늘어나서, 이러다간 국가가 소멸할 수도 있다고 나라에서 걱정하는 세상이 되고 있네. 가치관이나 생활철학이 세월 따라, 환경 따라 변해 가니 혼자의 걱정만으로 어찌할 수야 없지만, 어려서부터 삶에 대한 가치관과 철학을 심어주는 게 중요하다고 생각한다. 옛날의 젊은이들도 그랬지만, 요즘 젊은 사람들은 너무 주위를 의식하고 비교하는 것 같아. 물질이 풍부하니 좋은 점도 많지만, 점점 더 남과 비교하는 마음이 심해지는 것 같아. 결혼을 미루는 젊은이들에게 물어보면 집도 있어야 하고 남들만큼 가재도구도 다 갖추어야겠다고 한다. 그러려니 언제 돈 벌어서 다 할 수 있겠냐고 한숨을 쉬고 있으니 딱하기도 하다만, 한심한 생각이 들기도 하는구나. 왜 모든 걸 다 갖추어놓고 시작하려고 하는지. 살면서 하나씩 장만하는 기쁨이 얼마나 더 큰지를 모르고, 그저 남들하고 비교해서만 생각하고 있으니 딱한 생각이 든다. 우리 민서는 그런 한심한 생각을 하지 마라. 살아가면서 더 좋은 물건들을 살 수 있으니 더 좋겠다고 생각해라. 하루가 멀다 하고 점점 더 좋은 제품이 쏟아지는 세상이 아닌가. 그런 긍정적인 생각을 가지고 살아야 해. 반려자도 긍정적인 사고방식을 가진 사람을 찾아야 해. 살면서 중요한 것은 물질이 아니고 정신이야. 서로를 사랑하고 배려하고 존중하고 위해주며 살아가면, 물질적인 게 좀 부족해도 행복한 가정이 되고, 그것이 둘이서 손잡고 자식들과 함께 걸어가는 꽃길인 거야. '결혼은 꼭 해야 하느냐, 자식은 꼭 있어야 하느냐?' 하는 우문은 '사람은 왜 살아가느냐?' 하고 묻는 거나 같다고 봐. 태어나서 살아가면서 만들어가는 답이지, 정해진 답이 있는 것도 아니고, 물론 정답이 있을 턱도 없지. 각자가 나름대로 답을 만들고 수정하고 살아가는 게 인생인가 하노라. 할머니에게 물어보았더니 '태어났으니 살고, 죽지 않으니 살아가는 거지. 뭔 정답이 있어.' 하고 명쾌하게(?) 답하는데, 맞는 것 같기도 하고 아닌 것 같기도 하다. 사람마다 생각이 다르고 철학이 다른데, 그것은 각자의 자유이겠지만, 할아버지는 결혼은 꼭 해야 하고 자식은 최소한 두 명 이상은 꼭 낳아야 한다고 생각해. 왜냐하면 그것이 이 대자연의 법이고 곧 광대한 이 우주의 법이기 때문이야. 개개인은 이 우주의 일부분이기 때문에 우주의 법을 따라야 할 의무가 있다고 봐. 이 우주는 인연법으로 생기고 인연법으로 유지되기 때문에 인연을 지어가는 게 도리라고 생각해. 인생을 허무하게 생각하는 사람들이 흔히 하는 말이 '공수래공수거.'라고, 즉 '빈손으로 와서 빈손으로 떠난다.'라고 하는데, 이건 잘못 본 관점이라고 생각해. 사람은 인연 따라 태어나서 인연 속에 살다가 인연 따라 떠나간다고 하는 게 맞다고 생각해. 인연 따라 생긴 형상은 인연 따라 변하고 소멸하지만, 인연은 남아서 끝없이 다른 인연을 만들어가는 게 삶이고 우주의 법이야. 쉽게 이야기하면 나는 언젠가 형체가 사라지겠지만, 내가 지은 인연, 즉 자손들은 또 자손들을 낳고 그래서 끝없이 펼쳐지는 게 인연이니까. 나는 없어진 것 같지만 없어진 게 아니라고 할 수도 있지. 아버지의 유전자와 자식의 유전자는 99.9999%가 일치한다고 하니까. 이제 결혼을 해야 하고 자식을 가져야 할 이유를 알았으면, 이제는 언제, 어떤 반려자를 만나야 할지 구체적으로 말해주마. 이건 순전히 할아버지의 생각이라는 걸 염두에 두고 들어라.

이것 역시 정답이 있는 게 아니고 각자 나름대로 생각하기 때문에 사람마다 다 다른 게 정답이라고 할 수 있겠지만, 반려자를 잘못 선택해서 살다가 갈라서는 부부들이 많은 걸 보면 신중하게 잘 선택해야 한다는 반증이기도 하지. 먼저 언제부터 반려자를 찾아야 할지 말해보마. 남녀 모두 학교를 졸업하고 직장을 얻고 나서부터 반려자를 찾기 시작해야 해. 반려자는 결혼을 전제로 하므로 직장은 꼭 있어야 하겠지. 생활은 현실인데, 현실은 사랑만 먹고살 수는 없기 때문이지. 남자는 병역의 의무를 마쳐야 할 거고. 반려자를 선택하는 방법을 친구 사귀기에서 잠깐 언급을 했지만, 친구 중에서 가장 가깝고 가장 오래 함께해야 할 친구가 반려자이므로 좀 더 구체적으로 말해보마. 우선 호감이 가고 스펙이 괜찮은 사람 같아 보여 사귈 마음이 생기면, 먼저 그 사람의 가정을 살펴보아라. 부모님끼리 사이좋게 잘 지내고 있는지, 형제자매가 있으면 우애는 좋은지 살펴보고, 괜찮다고 판단되면 상대편의 인품을 잘 관찰해보아야 해. 가정을 이끌거나 사회생활을 잘하려면 성품이 중요해. 긍정적인 마인드가 있어야 하고 이해심도 깊고 배려심도 있어야 하고 인내심도 많고 적극적인 성격이라야 해. 이러한 판단을 하려면 우선 내가 판단력이 있어야 하고 상대편을 객관적으로 바라보아야 해. 호감이 가면 속된 말로 눈에 콩깍지가 씌어 판단력이 흐려지고 자꾸 좋게만 보려고 하기 때문이지. 이럴 때는 시간을 두고 좀 천천히 관찰하는 것도 한 방법이다. 그리하여 내 마음에 든다고 생각되면 친구나 부모님께 소개하여 의견을 들어보는 것이 중요해. 사람은 행동과 말을 얼마간은 좋게 보이도록 할 수는 있지만, 오랫동안 숨길 수는 없기 때문에 자꾸 말을 시키고 행동을 관찰하면 저절로 본성이 나오게 마련이지. 그래서 직장 상사는 신입사원을 뽑으면 일부러 회식을 하고 술을 많이 먹여 보기도 하는 게, 그 사람의 인품을 빨리 파악하려고 하는 거야.

나도 좋고 주위의 품평도 좋으면 반려자로 택해도 후회 없을 거야. 그리하여 주위의 축복을 받으며 가정을 이루게 되면, 둘이서 힘을 합쳐서 꽃길을 만들어가는 거야. 가정이 더욱 돈독하기 위해서는 아기도 두 명 이상 가지고. 왜 두 명 이상이냐 하면, 자식들이 서로 의지하고 살아가게 하기 위함이야. 외톨이는 혼자이기 때문에 사회성 형성에도 나쁜 영향을 미칠 수 있기 때문이지. 누구나 행복한 꽃길을 가기를 원하지만, 그 길은 어느 누가 만들어주는 게 아니고 둘이서 만들어 가야 하는 길이야. 내가 행복하려면 상대편이 먼저 행복해야 된다고 생각해야 해. 서로가 그렇게 생각하고 서로 상대편이 행복하도록 노력하면 다 같이 행복해지는 거야. 나만 위해달라고 하는 가정은 항상 불화가 생기고 상대편을 위해주는 가정은 항상 웃음꽃이 핀단다. 그리고 육체적인 건강도 행복의 기본이야. 각자 개인의 건강을 열심히 챙기는 게 상대편을 위하는 길이고 가정의 행복을 위하는 길이라는 것도 명심해야 해. 정답은 아니지만, 할아버지가 살아오면서 만들어낸 답안지이니 네 인생의 꽃길을 만들어 가는 데 참고하여 너는 더 멋진 길을 만들어가길 바란다. ”

성공이란 무엇인가

“성공이란 글자 그대로 무언가를 공을 들여서 이루어 내는 것을 말한다. 공을 들인다는 건 애쓰고 힘을 다해 노력하는 걸 말하는 거다. 속담에도 ‘공든 탑이 무너지랴.’라는 속담이 있지. 공을 들이면 반드시 좋은 결과가 있다는 뜻이지. 누구나 무얼 하든 성공하기를 바란다. 성공은 목표가 분명하고 방법이 확실하고 열정과 노력이 따라야만 이루어질 수 있는 거란다. 크게 성공하고 싶으면 목표를 크게 잡고 크게 노력해야겠지. 시간도 오래 걸리고 중간에 지치면 포기할 위험도 있겠지. 그래도 젊은이들에게는 꿈과 야망을 크게 가지라고 하는 사람들이 많아. 인생 전체의 목표는 크게 세우는 게 좋겠지만, 잘못하면 망상이나 공상이 될 수도 있으니까, 확실하고 실현 가능한지 잘 검토하고 정하는 게 좋겠지. 목표를 크게 세웠으면 그것을 다시 세세하게 쪼개서 실천하기 쉽고 자주 성취감을 느낄 수 있게 해야만 지루하지 않게 해나갈 수 있을 거야. 요새는 소확행이니, 욜로니 하면서 삶에서 자주 행복감을 느끼고 성취감을 누리는 방향으로 살아가고자 하는 시류가 형성되는 것 같다. 풍족한 세대가 누리는 복이라고 생각된다. 할아버지 세대는 '우리도 한번 잘살아보세.' 하는 구호에 정신없이 앞만 바라보고 뛰어왔단다. 그때는 우리나라가 세계의 가난한 나라들 중에서도 꼴찌 언저리에 있었는데, 지금은 세계에서 잘사는 나라들 중에서 십 위권 안팎이니까 성공한 나라임은 틀림없네. 할아버지 어릴 적에는 미국이 그렇게 부러웠는데 지금은 미국에 가 보아도 부러워할 것이 하나도 없더라. 오히려 우리나라가 더 살기 좋아. 의료보험은 미국 사람들도 우리를 부러워하고 있단다. 그런 면에서 할아버지 세대의 모든 사람들은 다 성공한 사람들이야. 개개인의 소득에서 격차가 생겨서 다 만족하는 사람이야 없겠지만, 나라를 부강하게 만들었다는 공통적인 목표는 달성한 셈이니 자랑스럽게 생각하고 자부심도 느끼고 있다. 지금 젊은이들 중에는 헬조선이니 하면서 자학하고 자기비하에다 냉소적인 말을 하는 철없는 소리를 하는 사람들이 있는데, 그런 사람들은 지금도 배가 고파 우는 가난한 나라에 한 달쯤 살아보게 하는 프로젝트를 나라에서 운용해서 한 번씩 보냈으면 좋겠어. 젊음은 정열과 희망이 불타는 시절이기도 하지만, 막막하게 느낄 때도 있고 좌절하기도 쉬운, 마음이 여린 인생의 계절이기도 해. 할아버지도 그 시절을 지나왔기에 그 마음을 잘 알지. 그러나 살아가다 보면 수많은 인연이 나타나고, 인간사 새옹지마라고 했듯이 때론 좋게, 때론 나쁜 결과들이 생기고 이래저래 살아가는 게 인생이더라. 오십여 년이 지난 지금에서야 돌아보니 월급은 약 백 배 올랐고, 집값도 약 백 배 올랐네. 지금도 언제 집을 장만하냐고 하지만, 그때도 막막하기는 마찬가지였지. 그래도 지금은 물가는 많이 싸져서 모두가 배불리 먹고 자가용도 많이 보급되고 전자제품도 많이 가져서 편리하게 살고 있지 않니. 할아버지는 결혼해서 일 년이 지나서야 겨우 선풍기를 샀단다. 여름에 더울 때 할아버지가 밥을 먹으면 할머니가 손풍기, 즉 부채로 부쳐 주곤 했지. 지금은 아련한 추억이 되어 행복했던 그때가 그립구나. 행복은 마음속에 있는 것 같아. 매일매일 행복하게 살아가는 비법은 매일매일 성취감을 느끼면서 살아가는 거야. 그러려면 매일 다 이룰 수 있을 만큼의 일을 정하고 그날 다 끝내는 거야. 매일 이루는 작은 성공이 쌓이고 쌓여서 인생 전체의 성공이 되는 거야. 절대로 남들하고 비교할 필요가 없는 거야. 공자님도 그랬잖아. '세상이 날 알아주지 않아도 나는 군자다.'라고. 내가 행복하고 내가 만족하면 그게 성공한 삶이야. 온 세상 사람들이 생긴 거나 성격이 다 다르듯이 살아가는 삶도 다 다르고, 그러므로 어느 것이 더 낫다고 하는 것 자체가 모순인데, 비교하는 마음에서 불행한 마음이 생기는 거다. 비교에서 행복이 오고 비교에서 불행이 온다고 했다. 아래로 비교하면 행복하고 위로 비교하면 불행하게 느껴지니까, 이러한 간사한 마음은 떨쳐 없애고 내가 이룬 것에 만족하고 감사하며 살아가면 그게 바로 성공한 삶이고 꽃길이란다. ”

일상의 소소한 인연의 이야기

"세상살이 자체가 인연의 연속으로 이루어지고 살아감에 따라 매일 다르게 만나야 하는 것들이 많이 생기게 되는 게 삶이지. 이 세상 모든 지식(인연)을 다 알아야 할 필요도 없고 그렇게 할 수도 없지만, 꼭 필요하고 알아야 할 것들은 그때그때 꼭 습득하고 해야만 하는 게 삶이다. 필요하다고 생각하면 즉시 알아내도록 책도 읽고 경험자의 조언도 구하며 다방면으로 정보를 수집해서 해결해 나가야 하는 게 인생길이란다. 국민의 한 사람으로서 지켜야 할 의무와 사회적 규범도 알아야 하고, 행사하고 누릴 권리도 알고 있어야 하며, 회사에서나 어떤 조직에서 지켜야 할 법도도 알아야 살아갈 수 있다. 너무 한꺼번에 다 알아야 할 필요는 없고 필요할 때마다 하나씩 익혀 가면 되니 미리 걱정할 필요는 없다. 다시 한번 강조하거니와 이 모든 것이 다 인연인 게야. 인과 연이 만나면 반드시 과가 나온다고 했지. 내가 어떻게 대응하느냐에 따라 결과가 다르게 나오니까 항상 신중하게 잘해야 해. 쉬운 예를 들자면, 내가 차를 몰고 가다가 교통법규를 위반해서 경찰에게 적발당하면 벌과금을 내야 하는 결과가 오지만, 법규를 잘 준수해서 다니면 아무 일도 없는 것과 같은 이치다.

건강에 대해서도 앞에서 잠깐 언급했지만 살면서 무엇보다 중요한 것이 건강이니까 한 번 더 쉬운 예를 들면서 이야기해 보마. 건강도 건강할 때 잘 챙겨야 하지, 잃고 나서 회복하려면 힘도 들고 본래대로 돌아가기가 쉽지 않아. 그러니까 항상 잘 챙기고 소중하게 생각해야 해. 몸을 항상 따뜻하게 유지해야 건강하다고 해. 의사들의 말에 의하면 체온을 1℃ 올리면 면역성이 열 배 올라간다고 해. 여기서 말하는 체온 올리기는 더운물 마시기, 따뜻한 밥 먹기, 운동하기를 말하는 거지. 물론 아파서 올라가는 체온은 약을 먹어서 내려야 하겠지. 나도 어릴 때는 어른들이 몸을 따뜻하게 하라는 말을 들으면 귀에

담지 않고 금방 잊어버리고 말았었지. 어릴 때는 몸에 열이 많아서 시원한 걸 좋아해. 냉수나 얼음물을 좋아하면, 어른들이 '찬물 먹고 체하면 약도 없다.'라고 말씀했는데 이해가 잘 되지 않았지만, 나이 들어갈수록 옳은 말씀이라는 걸 깨달았어. 찬물, 더구나 얼음물을 벌컥벌컥 들이켜서 위장이 깜짝 놀라 경직되어버리면, 졸도하거나 심하면 죽을 수도 있어. 이럴 때는 바늘로 가운뎃손가락 끝을 사정없이 찔러서 피가 흐르도록 하면 깨어나게 할 수도 있어. 이런 행위 모두가 다 인연과 결과인 게야. 상식으로 알고 있으면 좋으니 마음에 새겨두거라.

할아버지의 경험을 하나 말해주마. 할아버지 나이 오십이 넘어가면서부터 오른쪽 눈이 나빠지기 시작했는데 해가 갈수록 점점 더 심해져서 나중에는 가운데 부분은 시커멓게 안 보이는 거야. '이제 늙어가는구나.' 하는 슬픈 생각만 들었지. 그게 황반변성이라는 병이라는 것은 나중에야 알게 되었고, 별 뾰족한 치료법이 없다는 것도 알게 되었지. 더 심하게 진행되면 실명까지 할 수 있는 무서운 병이라는 것을 나중에 알게 된 거야. 어느 날 동생과 이야기를 주고받다가 눈이 안 보인다고 하니, 동생은 어떻게 알고 있었는지 대뜸 황반변성이라면서 뜸을 떠보라고 권하는 거야. 그래서 책과 뜸을 구입해 열심히 떴

더니 반년쯤 지나니 많이 좋아지기 시작해서 한 삼 년 정도 뜨니 거의 정상에 가깝게 나아졌어. 이 모든 게 다 인연이잖아. 눈이 나빠지는 것도, 동생에게서 정보를 얻게 된 것도, 뜸을 뜨는 것도 다 인연의 연속이잖아. 지금은 뜸은 안 뜨고 뜸을 뜨는 효과를 다른 방법으로 대체하고 있단다. 물이나 차를 마실 때 아주 뜨겁게 손을 거의 델 정도로 데워서 뜸 자리에 대어주어 효과를 누리고 있단다. 그래서 얘긴데, 옛날 어른들도 손발을 항상 따뜻하게 하라고 말씀하셨는데 그때는 귓등으로 들었지만, 지금은 아주 옳은 말씀이라고 실감하고 있다. 너도 꼭 손과 발을 따뜻하게 하도록 노력해라. 그러면 항상 건강하게 살아갈 거야.

정말 소소한 인연이야 다 말하자면 끝이 없지. 삶의 모든 행위가 다 인연의 소산이니, 휴대폰 쳐다보고 걷다가 물에 빠져 죽었다는 사람도 있다고 해외 토픽에도 나오고, 친구하고 과도하게 장난하다가 다치기도 하고, 한눈팔다가 넘어지거나 전봇대에 부딪치거나, 밥 급히 먹다가 체하거나 사레가 들리거나, 잘한다고 칭찬받거나 잘못한다고 야단맞거나 모든 일이 다 인연 따라 일어나는 거란다. 그러니 좋은 결과가 생기도록 항상 좋은 인연을 지어가도록 하여라.”

험한 세파를 헤쳐나가야 할 인연들

"전력투구하라는 말이 있지. 젖 먹던 힘까지 다해서 일이 이루어진다면야 그보다 더 좋은 일이 있으랴만, 실패할 때의 좌절감은 보통의 노력을 했을 때보다 훨씬 더 크게 느껴져 허탈해질 수도 있으므로 웬만한 일은 자기 능력의 80%쯤만 쓰는 게 좋다. 긴장하면 오히려 실수할 수도 있으므로 어깨에 힘을 빼고 하라고 지도하는 코치도 많단다. 무슨 일이든 자신감을 가지고 여유만만하게 하도록 하여라. 세상일이란 생각처럼 마음먹은 대로 이루어지지 않지만, 때로는 생각 이상으로 잘 이루어지는 때도 있단다. 그래서 크게 성공한 사람들은 남들이 어떻게 그렇게 대성할 수 있었냐고 물어보면 운이 좋아서 그렇게 된 것 같다고 겸손하게 말하기도 한다. 그래서 세속적인 표현으로 '운칠기삼'이라고 한단다. 즉, 운이 7할이고, 기술이 3할이라는 말이다. 운이란 보이지 않는 그 어떤 에너지를 말하기도 하고, 우연이라고도 할 수 있고 인연이라고도 할 수 있는 거다. 우연이란 우리가 미처 생각할 수 없거나 생각해내기 어려운 것이지. 우리가 만약 처음부터 끝까지 추적할 수 있다면 그것은 필연이고 인연인 걸 알 수 있을 거야. 나비 효과 같은 것이라고 할 수도 있지. 카오스 이론이 나오기 전이라서 그런지 몰라도 아인슈타인 같은 분도 우연이란 노력을 열심히 하는 사람을 위해 신이 숨겨둔 행운의 보따리라고 했단다. 인연의 측면에서 보면 운이란 불교에서는 '시절인연'이라고 한다. 즉, 때가 무르익었다는 것이지. 영어식으로 표기하면 타이밍이 맞아떨어졌다는 말이지. 그래도 운이란 노력이 전제되는 걸 내포하고 있는 거지. 노력 없는 곳에는 운이란 찾아오지 않는 거야. 기술이 노력을 의미하는 거고. 3할이라는 말은 전체 성공에서 차지하는 부분을 말하는 것이지, 노력을 3할만 하라는 의미는 아니야. 노력은 자기 능력껏 최선을 다하는 걸 전제로 하는 것이다. 그래서 '하늘은 스스로 돕는

자를 돕는다.'라는 속담은 우리나라에도 있고 서양에도 있는가 보다.

무엇을 하든, 무슨 일을 하든 최선을 다하라는 말이 있지만, 일이든, 우정이든, 애정이든, 금전 거래든 언제나 조금은 남겨두고 해야 한다. 100%를 다 쏟으면 결과에 대한 기대가 커지고, 만약 나쁜 결과가 오면 상처가 너무 커서 회복하는 데 너무 힘이 든다. 친구가 돈을 빌려달라고 하면 그냥 준다고 생각하고 빌려주어라. 꼭 받겠다고 생각하고 빌려주었다가 못 받는 일이 생기면 돈도 잃고 친구도 잃게 된다. 그래서 못 받아도 내가 살아가는 데 지장 없을 한도 안에서 빌려주어야 한다. 목숨까지 거는 우정을 논하는 이야기도 있고, '관포지교'의 예를 들기도 하지만, 그것은 보통 사람들이 하기 힘든 이야기일 뿐이야.

살아가면서 일탈의 유혹은 자주 생기게 마련이야. 자기 자신이 스스로 일상의 안일함에 따분함을 느껴 저지를 수도 있고, 친구나 주위의 지인들이 유혹해서 일탈할 수도 있다. 할아버지가 앞에서 자기의 마음속에는 세 가지의 마음이 있다고 했지. 나쁜 길로 유혹하는 악마 같은 마음, 착한 길로 안내하는 선한 마음, 어느 길로 가야 할지 판단하는 마음이 있다고 말했지.

유혹이라고 느끼는 순간 선한 길로 들어서는 판단과 행동을 하도록 항상 명심하고 살아야 한다. 부처님께서도 득도의 순간이 가까워져 올 때 악마 파순이 나타나 온갖 유혹을 했지만, 물리치고 마침내 깨달음을 성취하셨다고 불경에 쓰여 있단다. 사람은 무슨 일을 하든지 고뇌와 갈등이 일어난다고 가르쳐주신 것이라고 생각된다.

유혹에 넘어가는 것은 사람의 욕심 때문이야. 욕심이 없는 사람은 악마도 어찌하지 못한다고 톨스토이가 쓴 『바보 이반의 이야기』에 재미있게 쓰여 있지. 이반의 형들은 권력을 주거나 재물을 주는 악마의 유혹에 빠져 패가망신하는데, 이반은 내가 노력해서 얻지 않은 것에 대해서는 눈길 한 번 주지 않았지. 권력과 재물을 주겠다고 악마가 아무리 유혹을 해도 거들떠보지도 않으니 악마가 두 손 들고 도망가 버리고 말았다는 이야기야. 자기의 노력보다 더 큰 것을 바라는 마음에 악마는 파고든다는 사실을 알아야 해.

언젠가 어느 중소기업인의 좌우명이 그럴듯해서 아직까지 생각난다. 그 사람의 좌우명은 '이 세상에 공짜는 없다.', '이 세상에 믿을 사람 없다.', '거래에서는 현찰이 최고다.'였어. 물론 대기업이 되면 가치관이 또 달라지겠지만, 중소기업 운영에는 아주 알맞은 말인 것 같다. 보통 사람이 살아가는 데도 도움이 되는 말 같아서 소개했으니 참작해라.

실패를 겁내지 마라. 실패는 성공으로 가는 과정이다. 토머스 에디슨이 전구를 발명한다고 수없이 실험해도 성공하지 못하자 누가 말하기를, 그렇게 많이 실패를 해도 왜 좌절하지 않으냐고 물으니, 에디슨이 말하기를 '나는 한 번도 실패한 적이 없다. 지금까지 한 실험으로는 안 된다는 걸 확인했을 뿐이다. 다른 새로운 방법을 시도해 볼 수 있는 자료를 확보한 것이다.' 라고 대답했단다.

그러나 아무리 노력을 해도 안 될 때는 포기하는 것도 살아가는 데 꼭 필요한 방법 중 하나야. 포기란 다른 방법, 즉 새로운 인연을 지어가겠다는 결심을 말하는 것이다. 방법과 인연은 많이 있으므로 새로운 길을 모색할 수 있는 것이다. 예를 들자면 연꽃이 예뻐서 기르겠다고 한 뿌리를 얻어서 모래땅에 심었다고 가정하자. 연은 자라지 못하고 죽을 것이다. 반대로 선인장을 진흙에 심으면 죽을 것이다. 연은 진흙에서 키우고 선인장은 모래땅에서 길러야 잘 자랄 것이다. 이와 같이 맞는 인연을 찾아주는 것이 성공하는 길인 것이다. 우리들의 삶에서 꽃길을 찾는 방법도 이와 같이, 상호 간에 최상의 인연을 찾고 만들어나가는 것이야. ”

존재의 의의에 대하여

"이 우주에 존재하는 모든 존재는 부처님께서 인연법으로 그 존재 이유를 밝혀주셨다고 했지. '네가 있으니 내가 있고 내가 있으니 너 또한 있다. 네가 없으면 나 또한 없어지고 내가 없어지면 너 또한 없어진다.'라고. 이와 같이 모든 존재는 상호관계 속에서 생겨나고 존재하는 것이다. 상호관계는 인연법이니 모든 존재는 인연으로 생겨나고 인연이 다하면 소멸하거나 새로운 또 다른 인연을 만나서 다른 존재로 변하는 것이 이 우주의 존재의 법이란다. 앞서도 예를 들었지만, 수소가 산소와 만나서 물이 되면 물인 줄 알고 물로서 행동하다가, 인연이 다해 산소와 헤어지고 염소를 만나면 염산이 되어 염산으로 행동하고 물이었던 생각은 다 없어지고 염산인 줄 알고 존재하는 것처럼, 사람도 인연 따라 태어나고 자라면서 자아가 생기면 그게 자기인 줄 알고 살아가다가 인연이 다해 다른 인연을 만나고 그 관계 속에서 다시 자아가 형성되면 그게 또 자기인 줄 알고 존재하는 거란다. 모든 존재는 무생물이든, 생물이든 인연 따라 변하고 변화 속에서 존재하니 존재는 곧 변화요, 변화는 곧 존재라고 할 수 있지. 오래 곁에 있다고 좋아하는 것도 내 마음의 작용이요, 빨리 헤어진다고 아쉬워하는 것도 다 내 마음에서 일어나는 작용에 불과한 거야. 시간의 길고 짧음도 상대적인 것이지, 절대적인 것이라고 말할 수는 없단다. 아인슈타인이 일찍이 상대성 원리에서 밝혀 놓은 과학적인 이론인 거고, 실제로 증명도 하고 있단다. 그러므로 존재는 존재의 순간에 최대한 충실한 삶을 살아가는 게 잘 존재하는 거라고 할 수 있겠지. 아주 작은 예를 들어 말하면, 지극히 작은 이름 없는 풀꽃도 나름대로 자라서 꽃을 피우고, 곤충은 찾아와서 꿀을 얻어먹고 보답으로 열매를 맺게 해주고 간다. 둘의 관계를 상호관계 속에서 살펴보면, 나는 나의 존재를 인정해주고 나를 사랑하는 존재가 있으므로 그를 위해 당당히 존재해야 하고 행복해야 할 의의가 있고, 누구를 위해주고 누구를 사랑하는 나는 그를 위해 당당히 존재하고 행복해야 할 의의가 있다. 이와 같이 존재는 상호관계 속에서 존재하기 때문에 상호존중하고 아끼고 배려해야만 보다 오랜 시간을 함께 보내고 존재의 의의를 공유하면서 살아갈 때 완전한 삶이 된다고 생각해. ”

인연법으로 본
생명의 신비

"생명의 신비는 정말 경이롭고 불가해한 현상이야. 과학적으로는 칼 세이건이 지은 『코스모스』란 책을 보면 대체로 이해할 수 있지만, 생명의 현상을 설명하기에는 미흡하다고 할 수 있다. 그래서 옛날부터 사람들은 신을 등장시켜서 신이 다 만들었다고 해왔지. 그러면 신은 누가 만들었을까? 신은 결국 사람이 만들었다고 할 수밖에 없지. 신이 신을 만든다고 하면 모순에 빠지기 때문이야. 제일 작은 생명체인 바이러스에서 제일 큰 고래에 이르기까지 수많은 생명체가 자기 나름대로의 삶의 방식을 터득해서 살아가는 것을 보면 너무나 경이롭고 신비하지. 어떻게 그 많은 생명이 생겨나서 살아가며 변해가는 것일까? 지금 코로나바이러스가 창궐해서 온 세상이 뒤숭숭한데, 이놈은 어디 숨어 있다가 나온 건가, 아니면 새로 생긴 건가? 과학자들이 밝히려고 애쓰고 있지만, 확실하게 알기는 어려울 거야. 과거에도 그랬지만 변종이라고 하겠지. 그게 맞는 답이기도 하다. 왜 변종이 생기게 될까? 그 답이 바로 인연법이기 때문이야. 모든 생명체는 크기와 관계없이 하나의 소우주라고 해. 한 개의 세포, 한 개의 바이러스나 세균, 작은 벌레에서 큰 고래까지 모두 다 복잡한 여러 가지 물질들이 모여 상호작용으로 생명 현상을 연출하고 있는 거야. 우리 몸을 살펴보면 현재까지 밝혀진 것만 해도 복잡하기 이를 데 없고, 그것들이 인연 따라 만나고 상호작용해서 내 몸을 유지해 나가는 거야. 우리 몸 세포 속에 들어있고 우리에게 에너지를 만들어주는 미토콘드리아는, 우리 몸의 세포 유전 인자와 다른 독립적인 유전자를 가지고 있다고 해. 이것은 미토콘드리아가 외부에서 우리의 세포 속으로 들어와 우리의 세포와 공생하고 있다는 이야기야. 이 사실만으로도 인연에 의거해 이루어진다는 게 증명되고 있지. 현미경이 발달한 이후로 수없는 미생물이 발견되고 있고, 관찰 결과 우리 몸속, 특히 소장, 대장에는 무수한 종류의 세균이 살고 있다는 것이 밝혀졌어. 세균이 몸속에 들어오면 병을 일으킨다고 배워 왔는데 어떻게 우리는 죽지 않고 살아갈 수 있을까. 그래서 과학자들이 연구해 보니 몸속의 세균 중에는 우리 몸에 이로움을 주는 유익한 균과 해를 끼치는 유해한 균이 있다는 사실을 알아냈고, 더 나아가 이익도, 해도 없는 중간 균도 있다는 것을 알아내었어. 이들의 관계를 연구해 보니 참으로 묘한 관계를 유지하고 있다고 해. 유익한 균이 유해한 균보다 많으면 중간 균이 유익한 균 노릇을 하고, 유해한 균이 유익한 균보다 많으면 중간 균이 유해한 균 노릇을 해서 병이 생기게 된다고 해. 이 얼마나 절묘한 인연의 결과냐. 현재 밝혀진 바에 의하면 우리 몸에 있는 면역성 물질의 대부분이 장내 미생물에 의해서 만들어진다고 하니, 내 몸을 유지하는 데 엉뚱하게 바깥에서 들어온 세균들이 활약하고 있다니 이 얼마나 황당하고 아이러니하며 복잡한 인연의 결실이냐. 이 세상에 홀로 존재하는 것은 아무것도 없다는 부처님의 인연법이 확실하게 작동하는 걸 실감하겠지. 더구나 현재 알고 있는 지식은 빙산의 일각에도 못 미칠 거야. 하나하나의 작용을 겨우 밝히고 있는데 상호작용에 대해서 다 규명하는 것은 거의 불가능에 가까워. 왜냐하면 경우의 수가 너무 많기 때문이야. 몇 년 전에 인간과 인공지능이 바둑을 둘 때 바둑의 수는 무궁무진해서 경우의 수가 우주의 입자 수보다 많다고 떠들어댔지만, 바둑의 눈금의 수는 고작해야 361개야. 여기에 비하면 세균의 종류와 그것들의 숫자는 얼마나 많은지도 모를 지경이야. 그러니 앞으로 양자 컴퓨터가 나온다고 하더라도 다 알아낼 수 없을 뿐만 아니라 세균은 그때그때 인연따라 자꾸만 변하기 때문에 어떻게 변할지 예상하거나 그것들의 행동을 예측하기란 도저히 불가능하다고 생각해. 그러면 어떻게 해야 우리의 몸을 건강하게 잘 유지할 수 있을까. 그 답은 바로 인연법을 적용하는 거야. 유익균과 유해균이 서로 싸우면서 공생한다고 했지. 유익균이 많아서 유해균을 억제하면 건강하고 유해균이 득세하면 아프게 되는 거라고 했지. 그러면 항상 유익균이 활발하게 활동하도록 내 몸 상태를 유지해주는 거야. 그 방법이 유익균이 잘 활동하도록 유익균이 좋아하는 음식을 먹고 운동을 해서 체온을 올려주는 거란다.

우리 몸에 좋은 음식, 꼭 필요한 음식은 어떠한 건지 살펴보자. 알다시피 단백질, 탄수화물, 지방을 가리켜 3대 영양소라고 말하지. 단백질은 우리 몸을 구성하는 기본 재료이고, 탄수화물은 에너지원으로 사용하고 남으면 지방으로 전환해서 몸에 보존해두는데, 이는 굶게 될 때를 대비해서 저장해놓는 거란다. 그렇다면 3대 영양소만 잘 챙겨 먹으면 건강하게 살아갈 수가 있느냐 하면 천만의 말씀이다. 우리 몸의 피의 성분은 바닷물의 구성 성분과 비슷하단다. 이 사실은 생명체는 바다에서 태어났음을 의미하고 바닷물에는 지구상에 존재하는 온갖 원소들이 지구의 모든 원소 구성비와 비슷하게 녹아 있다고 해. 그러한 원소들을 통상적으로 말할 때 영어로 미네랄, 우리말로 하면 광물질이라고 하지. 그러므로 미네랄이 충분히 우리 몸속에 있어야만 세포가 제대로 작동하여 면역 세포도 만들어내고 유익균에게 힘을 실어줄 수가 있는 거지. 그런데 지금까지 알려진 바에 의하면 비타민도 적당히 몸에 있어야 하는데, 그 종류도 많고 자꾸 새로운 것이 발견되고 있어. 비타민은 우리 몸에서 합성이 안 되니 음식으로 공급해주어야 해. 단 하나 예외가 있는데, 비타민 D는 우리 피부가 햇볕을 받으면 합성해서 생겨난다고 해. 그러니까 하루에 최소 15분 이상은 햇볕을 쪼여야만 한다고 해. 그러지 않으면 뼈가 물러서 부러지거나 구부러진다고 하니 꼭 일광욕을 매일 해야 하는 거야. 음식으로 섭취할 수도 있다지만, 햇볕을 쬐는 게 더 효율적이라고 해. 옛날 원시인이나 농사짓는 사람들은 햇볕을 쬐는 시간이 많으니 저절로 혜택을 누린 셈이지. 우리 몸은 자기를 지키고 유지하기 위해 스스로 필요한 물질을 만들어내는 능력도 갖추고 있어. 호르몬, 림프액, 혈액, 침, 콧물, 눈물 등 온갖 필요한 것들을 자동으로 척척 만들어내는 능력이 있으니 정말 생명의 신비는 대단한 거지. 갖가지 기능과 상호 연관성에 대해서는 여기에서 다 논할 수 없으니 학교에서 배우게 될 때까지 기다리거나 궁금하면 인터넷에 검색해서 알아보렴. 할아버지가 강조하고자 하는 점만 이야기해주마. 특히 외부의 적, 즉 세균이나 박테리아, 바이러스에 대항하는 면역 세포를 만들어내는 이 능력은 자기 존재를 지키는 중요한 생명 현상이지. 이 능력이 허약하거나 무너질 때 개체는 죽게 되는 거야. 아무리 만드는 능력이 있어도 만들어야 할 물질의 재료가 없으면 만들 수 없는 거지. 그러므로 온갖 비타민과 미네랄을 공급해주어야만 내 몸의 생명력을 활성화해서 면역 물질을 잘 만들어내어 침입해 오는 외부의 적을 물리칠 수 있는 거야. 온갖 재료를 충분히 고루고루 빠트리지 않게 잘 공급하는 게 우리가 매일 먹는 음식이야. 음식을 골고루 잘 먹어서 건강한 사람은 어떠한 병균도 다 물리칠 수 있고 자기 몸에서 만들어내는 병도 생기지 않는 거야. 지난 인류의 역사에서 아무리 독한 병이 지나가도 죽지 않고 살아남은 사람이 있다는 것은, 병을 이겨내거나 아예 걸리지도 않을 정도로 건강한 사람들이 있었다는 사실을 말해주는 거야. 그러니까 병을 무서워하지 말고 평소에 음식을 골고루 잘 먹고 운동도 하고 햇볕도 쬐고 자기 일을 열심히 하는 사람은 바이러스를 두려워할 필요가 없는 거지. 바이러스는 인연 따라 끝없이 변화해서 변종이 생기게 되므로 멸종시킬 수도 없는 거야. 믿을 것은 우리의 생명력이고 우리의 이 귀중한 생명력이 항상 활성화하도록 필요한 온갖 재료들, 즉 음식들을 잘 먹어주면 내 몸은 자동으로 바이러스 대항 물질을 만들어낼 것이니 지나친 걱정은 할 필요가 없지. 할아버지가 체험한 이야기를 하나 해주마. 할아버지는 해마다 고추 농사를 짓는데, 농약을 치지 않고 기르니까 온갖 병충해 때문에 다른 사람에 비해 수확량이 절반의 절반도 안 돼. 무슨 방법이 없을까 생각하던 차에 문득 고추가 영양이 부족해서 그런 게 아닐까 하는 생각이 드는 거야. 식물의 3대 영양소는 질소, 인산, 가리라고 배워 와서 그것만 있으면 되는 줄 알고 그것만 공급해서 농사를 지어왔던 거야. 그런데 농약을 안 치니 병충해에 견디지를 못하는 거야. 가만히 생각해보니 식물도 미네랄이 필요할 건데 해마다 같은 땅에서 같은 농사를 지으며 수확하니 땅속의 미네랄이 거의 바닥난 거야. 미네랄을 전혀 공급을 안 해주고 뽑아 먹기만 한 거지. 그러니까 우리의 농산물에는 미네랄이 거의 없다시피 한 거야. 이런 미네랄이 거의 없는 농산물을 먹으니 내 몸에 미네랄이 공급될 리 없고, 그래서 병이 잘 걸리게 되는 거야. 그동안 몇 가지의 미네랄을 섞은 비료가 나오긴 했지만 별로 큰 효과를 보지 못했는데, 몇 년 전부터 미네랄을 많이 첨가한 비료가 나오기 시작해서 그걸 사서 뿌려 주었더니 고추가 병충해를 이겨내고 잘 자라고 수확량이 늘어나서 농약을 안 치고도 꽤 만족할 만한 성과를 거두고 있단다. 이와 같이 식물도 영양이 부족하면 병충해에 대항하는 물질을 만들지 못해 잘 자라지 못하거나 거의 죽게 된다는 사실을 뒤늦게 깨달은 거지. 전에는 그저 막연히 퇴비를 안 주어서 그렇다고 했는데, 그 말은 퇴비 속에 미네랄이 많이 있다는 말인데 이 말은 맞기도 하고 안 맞기도 해. 퇴비의 재료에 미네랄이 풍부하게 들었는지, 안 들었는지에 달린 것이니까. 온갖 종류의 풀을 베서 만든 옛날식 퇴비에는 그 말이 맞지만, 단순한 재료로 만든 퇴비는 미네랄이 별로 없는 영양가 없는 퇴비이므로 효과가 옛날식 퇴비에 비해 많이 뒤떨어지기 때문에 별도로 미네랄 비료를 뿌려주어야만 식물이 잘 자라게 될 거다. 옛날 사람들은 객토 작업을 해서 미네랄을 땅에다 뿌려주기도 했다. 객토란 농사를 짓지 않은 땅의 흙을 가져와 농사를 짓는 땅에 뿌려주는 걸 말하는 거란다. 옛날에는 화전 농사라고 하여 산에다 불을 질러 농토를 만들어 작물을 심었는데, 한 번도 농사를 짓지 않은 미네랄이 풍부한 땅이라 농사가 잘되었단다. 지금도 인도네시아 일부 지역에서는 화전 농법으로 농사를 짓고 있기도 해. 식물도 이렇게 미네랄이 있어야 잘 자라는데, 하물며 식물보다 훨씬 복잡한 생명체인 동물은 더 말할 것도 없이 충분한 영양과 미네랄을 섭취해야만 제 기능을 다 발휘할 수 있는 거야. 우리 민서, 할아버지가 강조하는 말 잘 알아들었지? 건강하게 잘 살아가려면 잘 먹어야 한다. 비싼 음식 먹는 게 잘 먹는 게 아니고, 달고 고소한 인스턴트 음식 먹는 게 잘 먹는 게 아니다. 맛은 별로 없어도 골고루 여러 가지 음식을 먹는 게 잘 먹는 거다. 어떻게 먹는 게 골고루 먹는 건지 가르쳐주마. 우리 이빨의 비례대로 먹으면 가장 좋은 방법이라고 해. 즉, 우리 이빨은 총 32개야. 요즈음은 사랑니가 나지 않은 사람이 많거나 아프다고 뽑아버려 28개만 있는 사람도 많으나 본래의 32개로 계산해야 해. 기능별로 보면 앞니가 8개인데 이

것은 채소나 과일을 먹는 데 주로 사용되고, 송곳니가 4개인데 이것은 고기를 먹는 데 주로 사용되며, 어금니는 20개인데 주로 곡식류를 먹는 데 사용되는 거야. 그러니까 전체 먹는 양을 32로 하면, 즉 분모를 32로 하면 채소 및 과일은 8/32이니까 전체 먹는 양의 1/4이 되어야 하고, 고기는 4/32, 즉 1/8이고, 곡식류는 20/32, 즉 5/8이지. 알기 쉽게 퍼센트(%)로 나타내면 채소 및 과일은 전체 음식의 25%이고, 고기는 12.5%이고, 곡식은 62.5%야. 이 비율대로 먹으면 가장 이상적인 영양의 배합 비율이 되므로 먹을 때마다 염두에 두고 먹기를 바란다. 영양을 충분히 공급받으면 내 몸은 스스로 알아서 지켜내니까 그까짓 바이러스는 겁낼 것 없다. 영양 부족이 얼마나 심각하게 우리의 몸을 병들게 하는지 몇 가지 예를 들어주마. 제2차 세계대전 때 영국에서 엄마들이 아기들을 심하게 학대하는 현상이 생겨서 사회문제가 되고 걱정을 많이 했는데, 전쟁이 끝나고 나니 그러한 현상이 사라져서 과학자들이 연구를 해 보니, 전쟁 중에 식료품 구하기가 어렵고 특히 고기를 너무 못 먹어 모성 호르몬이 나오지 않아서 엄마들이 모성애가 떨어져서 자식들이 귀찮아진 거였어. 영양이 부족하면 우선 자기를 지키는 게 개체의 본능이니 자식을 돌볼 마음이 일어나지 않는 거야. 자연의 섭리와 인연이란 이와 같이 냉엄한 거란 다. 어린아이 때 음식을 골고루 잘 먹지 못하면 올챙이처럼 배는 볼록하게 나오고 병에 잘 걸려 잘 아프고 부스럼도 많이 생기고 역병이 돌면 많이 죽곤 했다. 할아버지 어릴 적에는 먹을 게 아주 부족하던 시절이라 그러한 어린이들이 아주 많았다. 할아버지도 어릴 적에 부스럼을 달고 살았고, 조금만 상처가 나도 잘 낫지를 않고 곪아서 무척 아팠단다. 참으로 힘든 시절이었다. 지금도 아프리카에는 그러한 어린이들이 많다고 도와주자고 국제 구호단체 유니세프에서 TV에 광고를 하고 있다. 거기 나오는 어린아이의 얼굴을 보면 할아버지의 어릴 적 모습이 떠올라 마음이 짠하단다. 못 먹어서 영양이 부족하면 식물이나 동물이나 사람이나 다 병들고 허약해져서 죽게 되는 거란다. 열심히 노력해서 먹을 게 풍부한 사회를 만드는 게 어른들이 해야 할 우선적인 일이야. 꽃길의 제1보는 영양가 있는 음식을 골고루 먹는 거란다. 알았지, 우리 민서. ”

심심하다고 아무 인연이나 짓지 마라

"우리 민서, 어렸을 적에 장난감 가지고 놀다가 싫증 나면 할아버지를 쳐다보며 '할아버지, 나 신시매.' 하곤 했지. 그러면 너 심심하지 않게 하려고 다른 장난감을 주거나 데리고 놀러 나가거나 같이 놀아주거나 하느라 할아버지는 너와는 또 다른 심심함을 느끼곤 했다. 호기심 많은 너에게는 변화하는 새 인연이 신기해서 안 심심했겠지만, 할아버지는 다 아는 사실들이기 때문에 너와 놀아주는 것이 따분하기만 했다. 이는 누구에게는 새로운 사실이 누구에게는 늘 있는 사실이라는 차이 때문이야. 무엇이든 알게 되면 호기심이 없어지거나 옅어지고, 모르면 알고 싶어 하는 게 사람의 심리야. 또한 익숙하고 일상적인 일이 계속되면 사람들은 권태를 느끼기 시작하고, 거기서 벗어나고 싶은 마음이 생기기 시작하는 거지. 그러한 것을 가리켜 '일탈'이라고 한다. 사회규범이나 도덕적인 개념이 아니더라도 넓은 의미에서는 현재의 어떤 상태에서 벗어나고자 하는 걸 말한다. 이유는 따분하고 심심하다는 생각이 들기 때문이야. 그래서 사람들은 안 지어도 될 인연을 만들어 곤란에 처하는 경우도 생기고 인생을 통째로 망치는 일이 생기기도 해. 오락에 빠지거나 도박에 손을 대거나 마약에 취해서 인생을 망치는 뉴스가 심심찮게 등장하는 걸 보면 참으로 인간이란 어리석은 동물이라는 생각이 들어. 그런 면에서는 정말 짐승만도 못한 게 인간인 것 같아. 소나 개, 돼지도 심심하다고 제 죽을 짓은 안 하는데, 인간만이 심심하다고 제 몸 망치는 짓을 저지르다니 참으로 안타까운 인간의 심성이다. 그래서 공자께서도 사람이 혼자 있을 때나 심심할 때 행동을 더 조심해야 한다고 하셨지. 행복을 찾는다고 열심히 노력해서 어느 정도 만족할 만한 수준에 도달하면, 어떤 사람은 더 큰 행복을 찾기 위해서 더 노력하고, 어떤 사람은 그 자리에 주저앉아 권태를 느끼고 따분하게 생각해서 엉뚱한 일탈을 저지르게 되어 지금까지 해 왔던 노력을 물거품으로 만드는 바보 같은 일을 하기도 해. 그러니 심심하고 따분하다고 느끼는 그 상태가 행복한 상태에 있다는 사실을 명심해야 하고, 거기에서 벗어나는 참다운 방법은 새로운 일거리를 찾거나 현재 하는 일을 더 잘할 수 있는 방법을 모색하거나 자기가 하는 일에 재미를 느끼도록 노력해야 하는 거야. 모든 일은 내 마음먹기에 달린 거라는 사실을 잊지 말고, 내 마음, 내 내면의 세계를 자주 살피는 것이 쓸데없는 인연을 짓지 않는 방법이란다. 서산 대사께서는 인연을 함부로 짓지 말기를 당부한 유명한 말씀을 남기셨단다. '눈 덮인 들판을 함부로 걷지 마라. 뒷사람이 따라 오는 길이 되나니.' 함부로 걸어가다 낭떠러지에서 떨어져 죽으면 뒤에 오는 사람도 따라 죽게 되므로. 남에게 좋은 길을 만들어주는 것은 자기 자신을 위해서도 좋지만, 후배를 위해서도 꼭 해야 할 인연이라는 걸 명심하거라. ”

미래에 대하여

"사람들은 언제나 과거에도, 현재에도, 또 미래에도 앞날을 알고 싶어 하는 마음은 항상 가져 왔고, 가지고 있고, 가지려고 할 거야. 그래서 옛날 사람들 중에서도 대 예언가로 꼽히는 사람들이 많이 있었단다. 대표적으로 서양의 노스트라다무스, 우리나라의 토정 이지함 같은 분이 있었지. 현재도 미래학이란 말이 생겨날 정도로 미래는 궁금하고 알면 대처하기 쉬우므로 인간이 살아가기 위해 알려고 노력하고 추구하는 거야. 현재의 미래학은 보다 과학적인 분석으로 현실의 세계와 과학의 발달 추세를 감안하여 유추해내는 것이야. 과거의 사람들도 나름대로의 방법으로 미래를 예측했겠지만, 직감에 의해서 예언한 것도 꽤 많은 것 같아. 그래서 맞는 것보다는 틀린 것이 훨씬 더 많아. 미래는 정말 알 수 없는 게 맞는 것이지. 만약 미래를 안다면 어떻게 살아갈 수가 있겠어. 순간순간 수없는 인연이 얽혀서 만들어지는 게 현실이고 미래인데, 양자 컴퓨터가 등장해도 도저히 풀 수 없는 게 정답이지. 주식 전문가는 시시각각 변하는 사항을 말하지만, 딱딱 다 맞히지는 못하지. 만약 다 맞힌다면 자기가 직접 투자해서 돈을 벌지, 왜 입 아프게 떠들고 있겠나. 무속인이나 점쟁이가 미래를 잘 안다면 주식을 사거나 돈 잘 벌 곳에 투자하여 돈 많이 벌어서 편하게 살지, 왜 손님 오도록 눈 빠지게 기다리고 있겠나. 미래는 알 수 없지만 대처하는 방법은 부처님께서 말씀하신 게 있어. '미래의 일을 알고 싶으면 네가 지금 하고 있는 일을 보라. 네 과거의 일을 알고 싶으냐. 그러면 네가 현재 하고 있는 일을 보라.'라고 하셨지. 결국 모든 일은 지은 대로, 인연대로 일어난다는 말이다. 성경에도 그런 말이 있지. '네 지은 대로, 행한 대로 얻으리라.'라고 했지. 그러니까 꽃길과 행복은 자기가 만들어가는 거란다. 할아버지가 할머니와 결혼할 때만 해도 궁합이 맞아야 잘 산다고 해서 궁합을 보러 갔는데, 한

곳에 갔더니 나쁘다는 거야. 그래서 다른 집에 갔더니 좋다는 거야. 그래서 좋다는 말만 믿고 결혼을 했지. 그 결과로 네가 태어나는 인연이 이루어진 거야. 만약 나쁘다는 말을 듣고 결혼을 안 했으면 너는 이 세상에 나타나지 않았겠지. 인연이란 이런 거란다. 내가 선택하고 내가 만들어나가는 게 인연이고 결과란다. 잘 살고 못 사는 것은 자기 탓이지, 궁합 탓은 아니란 말이다. 만약에 궁합이 맞는다고 하면 옛날 사람들은 다 궁합을 보고 결혼했으니 다 잘 살아야 했는데, 그렇지 않은 걸 보면 궁합이란 아예 맞지도 않는 걸 어떤 엉터리 학자가 밥벌이 수단으로 만든 게 틀림없다고 봐. 미래에 대해서는 부처님께서도 말씀하신 게 별로 없어. 수없는 인연들이 어떻게 얽히고설키게 될지 알기도 힘들 뿐만 아니라, 미래를 알더라도 함부로 말할 수 없는 거지. 사람들이 희망을 간직하도록 배려하신 거야. 미래는 모르기 때문에 희망인 것이고, 희망이 없으면 사람들은 살아갈 이유가 없는 거지. 그래서 부처님께서는 마정수기라고 '어떤 사람에게 너는 장차 무엇이 될 거다.'라고 하셨지. 그것은 그 사람의 사람됨을 보고 판단하셨을 수도 있고, 희망을 주기 위해서 하셨을 수도 있고, 정말 미래의 그 사람을 보고 하셨을 수도 있겠고. ”

신통력과 목건련 이야기

"부처님 제자 중에 목건련이란 사람이 있었는데, 신통력이 대단히 높아 신통제일 목건련이라는 호칭으로 불렸단다. 이분에 관한 일화가 많은데, 몇 가지만 이야기해 주마. 이야기해주는 이유는 신통력을 너무 신기해하거나 나도 한번 가져 보았으면 하는 망상을 깨뜨리기 위해서야. 목건련은 온갖 신통력을 다 가지고 있으면서도 죽을 때는 이교도들의 돌멩이 세례를 받고 돌에 맞아 죽고 말았어. '신통력으로 물리치면 될 텐데?' 하겠지만, 그 순간 신통력을 쓸 능력이 나오지 않아 죽고 말았어. 모든 사람들이 의아해하고 있을 때 부처님께서 말씀하셨단다. '목건련은 전생에 엄마에게 심한 욕설을 한 죄업에 의해서 몇 생을 윤회하며 돌에 맞아 죽을 운명'이라고 하셨어. 나쁜 업을 짓는다는 게 어떠한 것인지를 보여주는 확실한 경고이지. 업에 의한 결과는 부처님도 어찌할 수가 없어. 부처님이 석가족 출신이라고 했지. 부처님 살아계실 때 석가족은 나라가 망해버렸어. 이웃 나라의 왕이 석가족을 침략하려는 걸 아시고 부처님께서 찾아가 만류하셨으나 두 번은 말을 들었지만, 세 번째 만류를 하시니, 그 왕이 말하기를 '우리 백성들이 석가족을 없애야 한다고 저리 날뛰니 저도 더이상 말릴 수가 없습니다. 용서해주십시오.' 하면서 침략해 석가족을 망하게 했어. 사람들이 부처님께 말하기를, '어찌하여 부처님께서 부처님이 태어난 나라를 멸망시키는 걸 보고만 계십니까?' 하니 부처님께서 말씀하시기를, '전전생에 석가족이 저 종족을 침략하고 핍박한 업을 지었기 때문에 그 과보로서 나타나는 현상을 누구도 막을 수가 없다.'라고 하셨어. 지금도 이와 비슷한 사건이 벌어지고 있는 나라가 있지. 미얀마가 로힝야족을 탄압한다고 국제적으로 비난받지만, 미얀마 지도자도 어찌할 수가 없는가 봐. 과거 생에 미얀마족이 로힝야족에게 심한 핍박을 받아 그 원한이 대대로 사무쳐 오다가 지금 그걸 갚을

국력이 되어 그 업을 갚고 있는 중이니 업장이 소멸될 때까지 어찌할 수가 없는 거지. 그러나 세세생생 지어가는 업은 참으로 안타까운 인간의 숙명인가 봐. 그래서 중생이라고 하는가 보다. 지금 탄압받고 있는 로힝야족은 이를 앙다물고 복수의 기회를 노릴 테니, 나중에 세가 역전되면 되갚게 될 거고 끝없이 반복될 거야. 이스라엘과 팔레스타인과의 분쟁도 끝없이 펼쳐지겠지. 어느 한 종족이 멸종하거나 아니면 대타협을 해서 상생의 길을 찾을 때까지. 개인으로 보나 국가로 보나 인연을 항상 잘 지어나가야 하는 걸 말해주는 거야. 목건련의 신통력과 연관되는 일화를 하나 더 이야기해주마. 어느 해에 부처님이 제자들과 함께 숲에서 수행하고 있었는데, 우기가 되어서 비가 오기 시작하더니 엄청나게 많이 온 거야. 인도의 비는 한번 쏟아지면 그야말로 감당할 수 없을 정도로 와서 순식간에 부처님이 계신 그곳이 물에 갇혀 섬처럼 되어버린 거야. 얼마나 많이 왔는지, 열흘이 지나도 물은 빠지지 않고 양식은 떨어져서 어쩔 수 없이 굶고 지냈는데, 며칠이 지나니 더 견디기 힘들어 죽게 생겼어. 할 수 없이 목건련이 나서서 부처님께 '제가 신통력을 발휘해서 물을 건너 양식을 구해 오겠습니다.' 하니 부처님께서 야단을 쳤단다. '내 신통력이 너만 못해서 가만히 있는 줄 아느냐. 내 가르침은 인연법이라 인연을 만들거나 인연이 일어나는 대로 살아가야 하는 건데, 신통술을 부려서 문제를 해결하면 사람들은 인연법은 알려고 하지 않고 모두가 신통술만 배우려고 들 것이야. 신통술로 모든 걸 다 해결할 수 있다고 생각해? 나도 다 못하는 것을 네가 다 할 수 있다고 생각해?' 하시고는 물이 빠질 때까지 기다리게 하셨단다. 이 이야기가 전하는 바는, 정당한 노력으로 문제를 해결해야지, 쉽게 해결하려고 하거나 지름길이 있다고 꼬드기는 사람을 경계하라는 거라고 생각해. ”

마치는 말

할아버지가 옛날에 군대에 가서 수송 부대에 간 적이 있어. 부대 앞에 도달하니 제일 먼저 눈에 띄는 게 커다란 글씨로 "닦고, 조이고, 기름치자."라는 구호를 쓴 간판이었다. 차가 잘 굴러다니려면 이 구호대로 매일 닦고 조이고 기름을 쳐야만 한단다. 만일 '하루쯤 어떠냐?' 하고 안 하게 되면 게으름이 생기기 시작하고, 며칠이 흘러가면 버릇이 되어 아주 안 하게 된다. 그러면 차는 녹슬고 느슨해지고 고장 나게 될 것이며 끝내는 못 쓰게 되고 말 것이야.

차를 우리 마음에 대입해보면 똑같은 현상이 일어나겠지. 우리들의 마음도 항상 게을러지지 않게 닦고, 나쁜 생각이 들지 않게 조이고, 생각이 유연하게 일어나도록 기름 쳐야 하는 거야. 생각에 기름을 친다는 것은 좋은 생각, 긍정적인 마음가짐, 창의적인 마음이 생기는 마음의 훈련을 의미하는 거겠지. 매일, 매 순간 우리가 생각하고 행동하고 부딪치는 모든 것들이 인(因)이 되고 연(緣)이 되어서 과(果)가 되어 나타나고 그 과가 다시 인도 되고 연도 되어서 쉬지 않고 끊임없이 이어져 나가는 게 우리의 삶이 되는 거란다. 그러므로 우리들의 생각, 행동, 인연들을 한순간, 한 조각도 소홀하게 생각하면 안 되는 거야. 최선을 다하면 최선의 결과를 얻게 될 것이며, 대충하면 대충의 결과를 얻게 되는 거란다. 경제 법칙에서 최소의 노력으로 최대의 이윤 추구라는 말이 얼핏 생각하기에는 인연법에 맞지 않는 말처럼 들리지만, 그 역시 인연법에 속하는 거라고 할 수 있지. 최대의 이윤, 최대의 결과는 최고의 방법을 사용한다는 전제가 내재되어 있는 거야. 즉 최고로 좋은 방법을 찾아내거나 만들어내는 인연을 만나는 걸 말하는 것이지. 무슨 일을 하든지 가장 효율적인 방법을 찾아낸다는 게 중요한 거지. 그와 같은 방법을 찾거나 만나는 그게 바로 인연을 만나는 일이고, 그러한 인연에 의해서 결과가 발생하는 것이지. 그러므로 이 세상 모든 일이 인연 아닌 게 없는 거야. 그렇기 때문에 우리는 항상 매사를 경건하게 대하고 최선을 다하는 마음가짐을 가지고 살아가야 해. 한평생 변함없이 이와 같은 마음가짐으로 살아가면, 항상 꽃길이 열리고 꽃길을 걸어가게 될 것이야.

알아들었지? 내 사랑 우리 민서. 꽃길만 걸어가.